싹공
일기

삭(朔) 공(○)이란 말은,

'차면 이지러지고 이지러지면 다시 차오르는 달처럼 살아가겠노라' 는 달의 의미를 가진 화가 전병현의 아호입니다.

군대 가기 바로 전 홍제동 언덕배기에 '싹공화실' 이란 작은 작업실에서 그림을 그리며 지인들과 함께 있었는데 저는 청년 시절 홍제동 화실 지인들과의 인연도 좋아하지만 워낙 '달' 을 좋아해서 좀 색다른 의미 '싹공' 이란 아호를 사용해오고 있습니다. 인터넷 연재물로 시작한 싹공일기는 대중에게 그림과 글로써 좀 더 쉽게 이해를 돕고자 접근을 시도했는데 미술을 어렵게 여기는 일반인들과 가상공간이긴 하지만 이러한 교류를 통해서 서로의 공감대를 확인해 왔고 성과도 있었다고 생각합니다. 2001년에 인터넷에 연재를 시작으로 벌써 십일 년이 되어가고 있습니다. 그동안 많은 인연을 온라인을 통해서 만나 소통하였고 추억거리도 많이 만들었습니다. 간혹 개인 전시회가 있으면 오프라인에서도 성원해주시던 그리운 님들도 만났는데, 소통하며 이 땅 위에서 더불어 살고 있다는 참의미를 깨닫게 해주는 순간들이었습니다. 긴 세월이었지만 그 초심의 의미는 아직도 살아 꿈틀거립니다. 이번 책은 amho98 아이디를 쓰시던 회원님과의 칠 년 전의 약속을 지키기 위함이기도 하지만 손으로 직접 만지고 눈으로 보는 종이책의 소중함과 살아가시는 동안 삶의 활력소를 미력하나마 드려볼까 함도 있습니다.

살아간다는 것…
더불어 사는 세상…
나만 소중한 것이 아니라 이제는 지구촌 사람들과 더불어 소중히 살아가지 않으면 안 되는 세상…
글보다는 그림 재주가 있는 화가가 부끄러움을 무릅쓰고 철자법도 틀려가면서 여러분에게 글과 그림으로 한발 다가섭니다. 부디 물리지 마시고 애써서 만들었으니 함께 봐 주십시오. 애써주시는 출판사 가쎄 대표와 늘 부족한 저를 아껴주는 저희 가족들과 그리고 세상은 함께 탄 배라 믿고 더불어 항해하는 여러 지인들에게 고마움을 바칩니다.

2012년 12월 싹공일기 저자 전병현 올림

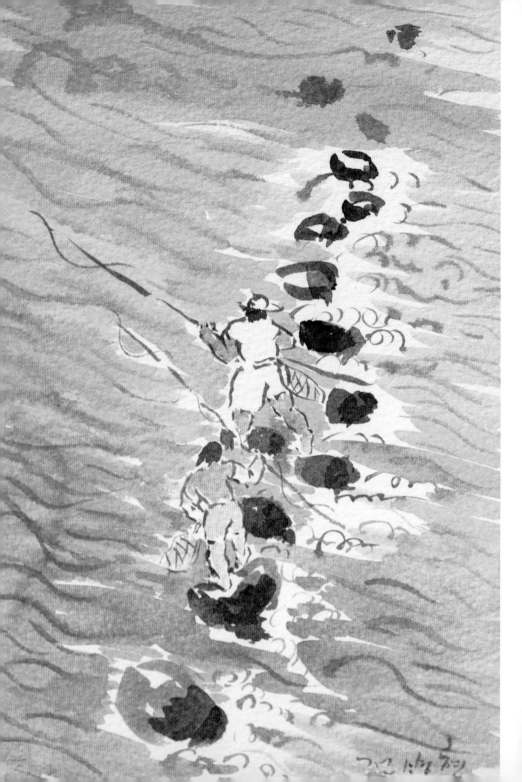

싹공일기 시작합니다

싹공일기

ⓒ전병현 2013

초판 1쇄 인쇄 2013년 1월 1일
초판 1쇄 발행 2013년 1월 1일

글 그림 전병현

펴낸곳 도서출판 가쎄 [제 302-2005-00062호]

주소 서울 용산구 이촌동 302-61
전화 070. 7553. 1783
팩스 02. 749. 6911
인쇄 정민문화사

ISBN 978-89-93489-29-3

값 20000원

싹공일기

gasse•가쎄

봄
여름

가을
겨울

씩씩한 어린이와 정치인

오늘은 선조들이 독립을 위해 손에 손에 태극기를 들고 마음을 함께 한 날입니다. 물론 친일을 했던 사람들은 집안에 꽁꽁 숨어 있었겠지만 말입니다.

두려움.

이제는 두려움에 대한 개념도 많이 달라졌지만 목숨에 대한 두려움은 예나 지금이나 달라진 것이 없습니다. '이에는 이, 눈에는 눈' 이라는 단순한 이치도 이제는 점점 인권 중심으로 달라지고 있어서 어찌 보면 인간이 나쁜 짓을 하고도 살아남을 확률이 예전보다 더 커졌다고 봐야겠지요. 오히려 자동차 사고로 죽는 사람들이 더 많지요.

인도주의적인 법 때문에 사람들의 마음은 적당주의로 치닫고 있는 느낌이 드는군요.

아직도 독립운동을 하셨던 애국지사들이 많이 살아계신 것 같습니다.

어떤 분들은 끼니를 잇기 어려워서 친구들의 도움을 받고 계시더군요.

그분들이 가끔 방송에 나오셔서 '나는 아직도 독립운동을 하고 있다' 는 말씀을 하실 때마다 가슴이 답답해집니다.

얼마 전, 1960년대에 발간된 초등학교 1학년 바른생활 국정교과서 한 권을 찾아내어 책상 머리맡에 두고 있습니다.

거기에는 앞으로 살아가야 할 사람으로서의 첫걸음, '바른생활' 이 들어 있답니다.

요즘 인성교육이다 뭐다 해서 유치원부터 대학을 졸업할 때까지 배움을 갖습니다.

하지만 처음 학교에 들어가서 배운 '바른생활'은 점점 멀어지고 더욱더 격한 현대생활에서 살아남기 위한 처세술처럼 또 다른 살아가는 법을 배웁니다.

봄이 왔습니다.
식물들은 살짝 봄기운을 맡고 고개를 내밀고 있습니다.
겨우내 굶주렸던 동물들도 변화하는 봄기운에 분주해집니다.
이 새로운 봄을 맞아 나는 무엇을 할까?
결론은 '초심으로 돌아가자!'입니다.
순수한 마음이 살아나야만 우리는 무한한 가능성에 대해 함께 연구하고 일굴 수 있습니다.
초등학교 1학년 책에는 이런 말이 보입니다.

'씩씩한 어린이는
바른 일, 착한 일을
제가 먼저 합니다.' 라고.

네? 씩씩한 정치인은 거짓말을 잘한다고요?

채소

작업실 밑에 비싼 쌈밥집이 생겼습니다.
요즘 웰빙이다 뭐다 해서 사람들이 앞다투어 좋은 걸 먹고 좋은 걸 하려고 하지요?
뭐 한 끼 먹어 좋아지는 건 아닌데도 말입니다.
그래도 친구들과 어울려 푸짐한 야채에 쌈밥 한 끼 먹습니다.
참으로 이름 모를 야채들. 후후, 내 눈에는 전부 푸성귀로 보입니다.

요즘은 이름 모를 야채들도 참 많습니다. 뭔 입맛들이 입으로만 통해서 엉뚱한 식탐 뇌로 가는지. 적당히 먹고자 노력은 절대 안 합니다. 퇴직 후에 해볼 만 한 게 음식장사라고들 생각하는지 퇴직만 하면 너도나도 신개발품이나 색다름으로 승부를 하려고 난리 아닌 난리로 서민들만 죽어납니다. 음식장사가 얼마나 어렵고 식탐을 유도하는 직업인데. 아이들 입맛이 변하면서 김치도 잘 안 먹으려고 하니 식비는 더 들어갈 테고. 이젠 밤 대추도 아이들이 잘 안 먹으려고 하는 세상입니다. 애들은 유치원에 가서 케이크 자르는 법만 배우는 건 아닌지.
우리야 뭐 조상 대대로 배추를 먹고 살았는데도 푸른, 더군다나 새로운 야채를 보니 잠시나마 갑자기 건강해진 듯싶습니다. 웃겨... ㅎㅎ 푸성귀 좀 먹은 게 뭐 그리 대단하다고. 몽고에 사는 목축들은 평생 푸성귀만 먹는데 말입니다. 그나저나 몽골여행 몽골여행 하는데 지금 조금 남은 푸른 초원이 뭐 그리 대단하다고. 몽고가 그 옛날부터 목축을 했으니 점점 더 메말라 갈 텐데 큰일이라는 생각들은 안 하네요. 차라리 시나이 반도 사막을 가보면 한방에 세상살이 지구에 대해 뭔가 느끼고 오실 텐데. 그곳 하늘은 푸르다 못해 밤하늘은 시리도록 검푸르답니다. (괜히 여행 못 간다고 심술이야. ㅎㅎ)

암튼 푸성귀 몇 조각 먹었다고 잘 먹은 티내고 즐거워하니 좋다. 친구들아 한 번 더 먹자꾸나. 그래 친구들 퍼 먹이는 맛에 웰빙웰빙건강건강하나 보다. 참나 돈 모아야 하는데…. 애들 대학 보내려면. 쩝~! 산삼 먹으면 뉴욕까지 날아가겠네.

비가 개이고 오늘 날씨가 쨍하군요.
좋은 하루 보내시고 주말 잘 보내시길.

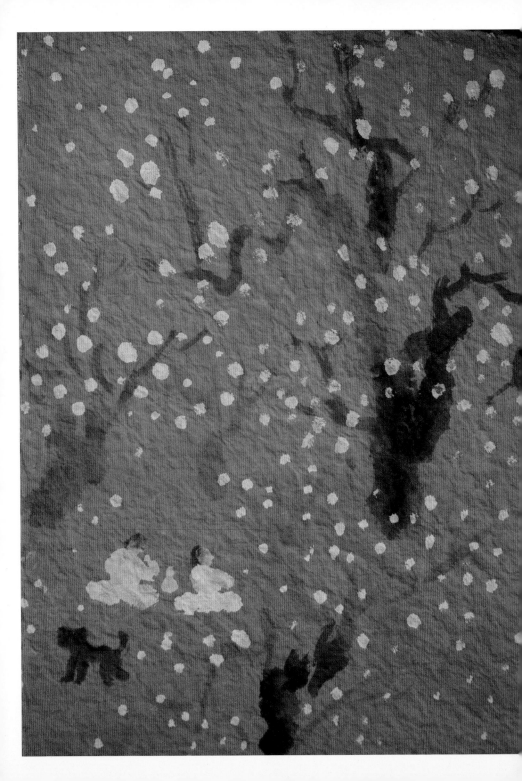

매화와 폭설

춘삼월에 내리는 눈은 신비스럽기도 하고 엉뚱하기도 합니다.
섬진강가에서는 매화가 꽃망울을 터트려 이미 봄을 알리고 있는데
서울은 폭설이 내렸습니다.
하얀 눈송이가 내리는 날, 온 세상이 눈꽃 천지가 되던 날, 인간의 오만함을
비웃듯 현대문명은 마비되고 모두 두 다리품을 팔아 집으로 향합니다.
오랜 세월을 건더온 정이품송도 솜털처럼 가벼운 눈에게 어이없이 가지를
잘리고.
암튼 무언가 다른 일이 일어나고 있는 건 틀림없습니다.

예전에 없었던 일이 생기는 것은 심각한 경고음을 내는 것이라 여겨집니다.
경고음을 내는 것은 자연뿐만이 아닙니다. 사람의 몸이나 집도 그런 것 같습
니다.
저는 전통한옥에서 살아본 경험이 있답니다.
요즘 거대한 콘크리트 집들이 한방에 무너지는 것에 비하면 한옥은 불이 나
지 않는 이상 무너질 염려는 없답니다.
더구나 집에 이상이 생기면 작은 소리를 내어 사람들에게 경고를 한답니다.
실제로 초가집이 무너지는 걸 봤는데, 뒤틀리기 시작하여 무너져 내리는 데
걸리는 시간이 길어서 사람들이 충분히 대피할 수 있었답니다.

지구 온난화.
프랑스 파리에 폭설이 내리고 미국이나 유럽이나 아시아 전체가 이상기온에

시달리고 수많은 사상자를 내고 있습니다.

공부.
사람들은 공부를 합니다.
그걸 제대로 써먹기가 참으로 어려운 모양입니다.
우리가 매번 목소리를 내도 실천하지 않는 이상 공허한 메아리 같은 것이 공부인 것 같습니다.
오늘도 대전 근방에는 교통이 통제되는 곳이 많은 모양입니다.

그래도 눈이 내리니 숨어있던 감성이 스멀스멀 살아납니다.
송이송이 눈꽃송이 하늘에서 내리고 하양 매화송이와 섞여서 장관을 이루고 있을 섬진강가 매화밭을 떠올려 봅니다.
겨울 끝자락이 끈질기게 남아서 봄을 시샘하나 봅니다.

삼월 둘째 주.
건강한 모습으로 일하시는 님들에게 화이팅을 보내면서….

선명한 나라

우리나라는 사계가 있어서 이 땅에서 나고 지는 모든 것들이 다른 나라와는 확연히 다릅니다. 우선 식물들이 그렇습니다. 백합종류는 우리나라의 백합 종자를 어머니로 삼아 다양하게 외국에서 출시되는 것을 보면 안타깝습니다. 세계인들이 좋아하는 부가가치가 높은 식물은 많습니다. 미스김 라일락, 공작단풍, 진달래, 개나리, 각종 토종 과일나무들. 그리고 큰 식물들이 잎을 내밀기 전에 미리 활짝 피어 황량한 산야를 점령하는 키 작은 식물들. 그 종류가 다양해서 아직도 이름을 붙이지 못한 것도 상당수 있습니다. 이러한 종자들은 외국인들이 호시탐탐 노리고 몰래 국외로 반출하려고 시도합니다. 이태 전에 야생화를 프랑스에 가져가 전시한 당사자들이 그것을 모두 프랑스에 기증했다고 해서 한동안 너무 억울해서 잠을 못 잤던 기억이 있습니다. 정말 왜들 그러시는지.

7년을 소나무 밑에서 기다리다가 싹을 올리는 난초들은 너무 아름다워 일제 치하에서는 일인들이 동산에 불을 놓을 정도로 시기하던 대표적인 우리나라 꽃입니다. 산에서 채집한 변이종들을 수 천만 원에 일본으로 반출해서 각종 변이종 교배를 통해 시장에 내놓은 일인들을 보면 기가 막힐 정도지요. 제발 일본사람들에게 변이종 난초 좀 넘기지 말았으면.

수백 년을 참고 기다릴 줄 아는 연꽃들도 많습니다. 이러한 모든 것들은 사계가 좋기 때문에 그렇습니다. 이 땅에 사는 사람들이 순수해서 아니면 무지해서 아니면 너무 많아서 무시했던 이유로 밖으로 새어나가 네덜란드, 미국,

일본, 영국 등지에서 수많은 식물이 개량된 사실을 아시면 놀랄 것입니다. 지구 온난화도 걱정입니다. 너무 빨리 변하는 것은 참으로 두렵습니다. 전기도 들어오지 않아서 초롱불 밑에서 공부하던 일산 근방에서 태어난 저는 지금은 밤낮이 없는 도시에서 살고 있습니다. 휘황찬란한 도시에 밀려 생태계는 콩가루가 된 지 오래지만 그래도 봄은 어김없이 돌아왔습니다. 봄을 맞으면서 이 땅에 살아가는 모든 것들이 더 늦기 전에 사랑받았으면 좋겠습니다.

언젠가 이민 가는 친구에게 딴지를 건 적이 있습니다. 그 땅으로 가도 그 하늘이 이 하늘이라고. 멀리서 나를 찾기 전에 저 자신뿐만 아니라 자식들에게도 타이르고 싶습니다. 선명한 마음만이 선명한 이웃을 만들 수 있다고. 봄에 수많은 선명한 색깔들로 사람들을 놀래키는 식물들처럼 긴 겨울을 이겨내고 마침내는 고진감래 이 땅을 지키려는 많은 분들께 다시 한 번 고맙다는 인사를 드리고 싶습니다. "고맙습니다!!!"

인상파 미술을 좋아하는 사람들

센 강가에서 가장 유명한 집은 강 하류 아르장퇴유(Argenteuil)에 거처를 마련하고 센 강의 물을 끌어다 정원을 만들고 말년을 꽃과 물과 더불어 살던 모네의 집입니다.

현란한 색채를 주물러 만들어 내는 그의 작품은 칙칙하고 중앙집중적인 중세 미술에 비유하면 그야말로 엄청난 변화라 할 수 있었습니다. 1800년대 중반 인상파 화가들은 아마도 그 당시 기존화가들의 눈에는 반란자로 비춰졌을 법합니다.

인상파 미술가들은 센 강과는 인연이 깊습니다.

손에 이젤과 물감 통을 들고 밖으로 쏘다니다 강가에 현란하게 부서지는 햇살을 캔버스에 옮기고 밀밭 위에 흩어져 나는 까마귀를 그리고 만국박람회 준비로 부산한 강가의 배들을 그리고…. 암튼, 17세기 그들이 살았던 센 강가는 엄청난 변화를 맞이하고 있었습니다. 근대과학의 기초를 마련한 지동설(16세기 코페르니쿠스) 발표 이후 성장을 계속하던 유럽, 프랑스는 강가에 에펠탑을 세우고 만국박람회(1867)를 개최하고. 또한 자유의 여신상을 만들어 미국에 선물하고…. 아직도 강 하류 시뉴섬에는 여신상의 원조(미국에 기증한 크기의 1/4)가 세워져 있습니다.

이 모든 것이 바꿔 말하면 신에게 의지하던 자들이 이제는 완전한 개인주의로 돌아서고 있음을 의미합니다.

그 시기에 태동한 인상파 화가와 관련한 이야깃거리와 작품이야기는 흐르는 센 강 만큼 끈적하고 감성적으로 흘러 흘러 대서양으로, 그리고 오대양으로 퍼져 나갔으니 참으로 죽어서도 인연을 놓지 못하는 이들입니다. 작금에 고흐나 세잔, 고갱, 모네를 모르는 이는 아마도 아마존 강 오지에 살고 있는 원주민쯤 아닐까요?

유럽인들이 아시아를 많이 여행하면서 동양의 문물도 많이 들어가게 되었는데, 그중 미술과 관련된 것을 살펴보면 인상파 화가들이 동경하는 미술이 있었으니 일본의 에도시대 목판 미술이 그것입니다. 특히 에혼(繪本-유곽 지대의 남녀모습이나 풍경)목판들을 유행처럼 사서 모으고 그것을 자랑스레 걸어 놓곤 했습니다. 심지어 고흐는 심취해있던 안도 히로시게의 판화를 똑같이 모사해 그리기도 했습니다. 우리나라와 관련된 것이 없는 것은 아닙니다. 어느 방송국에서 조선 시대 김홍도에 관한 다큐멘터리를 방영한 적이 있습니다. 그가 죽어 후손들이 그의 묘를 못 찾았다고 했는데, 전해지는 말로는 김홍도가 일본으로 건너가 에혼미술을 창조했다는 얘기도 있습니다. 전혀 근거 없는 말은 아닌 듯싶고 아직도 그의 자취를 더듬는 사람의 뒷이야기가 더욱 궁금해집니다.

인상파 미술을 일본사람들이 거의 광적으로 좋아하는 건 고흐와 모네가 일본미술을 사랑했던 사연이 있어서이기도 합니다. 1980년대 센 강 유람선을 그리고 모네의 집과 고흐의 무덤가를 도배했던 일본인들의 흔적 대신 이제는 대한민국의 유람객들도 덩달아 북적이고 있습니다.

그런데 한국 사람들은 왜 인상파 미술을 좋아하는 것일까요?

그들이 탐구했던 자유? 개인주의? 빛깔?

음, 제 생각엔 빛깔 때문이 아닐까 싶습니다.

오방색을 중시하는 우리 민족은 한복에서도 보다시피 선명한 색깔을 좋아하니 말입니다.

그들은 가지고 있지 않아 그림으로 탐구했던 아름다운 빛깔, 우리나라의 선명한 사계절의 빛깔만큼 선명한 마음이 일어나길 기대하며.

드디어 봄이 오고 있습니다

많이 기다리던 봄이지요.

올해는 어떤 봄이 기다리고 있을까요.

저는 개인적으로 의미 있는 봄을 맞이할 것 같습니다.

7년 만에 갖는 개인전이 있습니다.

약 4년 전에 출판기념회를 가진 적이 있지만

우리 님들을 다시 만나는 것이 정말 기대가 됩니다.

올해 발표할 그림은 제가 그림을 그리면서

가장 어려운 소재라 여기는 꽃입니다.

쉬워 보이지만 꽃이기 때문에 꽃은 그리기가 어렵습니다.

그리고 많은 화가들이 다뤄온 소재이기 때문에

다른 작가들이 섭렵한 나름대로의 꽃 그림과 다르게 그리는 것은

정말 어렵지요.

전시장에 오시면 색다른 세계를 맛보실 수 있습니다.

제목은 'Blossom' 입니다.

굳이 '만개' 라는 한글을 사용하지 않은 것은

인생의 정점은 없기 때문입니다.

전시가 끝나도 나는 또 다른 스타일의 화가로서의 여정을

가고 있을 테니까요.

많은 성원 부탁드립니다.

그리운 철수와 영이

봄이 옵니다.
꼬마들이 삼삼오오 학교를 향해 부지런히 걷습니다.
나의 유년시절을 가만히 떠올려봅니다.
철수와 영이, 위문편지, 국군아저씨, 여치와 베짱이….
같이 노래 부르던 내 친구들. 잘 있겠지요?
세월이 흘러 이젠 부모가 되었는데 예전보다 아이들은 놀지도 못하고
누구나 공감하지만 해결책이 어려운 입시지옥 대한민국.
뭔가 득이 되면 머리에 띠를 두르고 청사 앞에서 데모를 하는 업자들.
교묘하게 특례를 이용하는 힘 있는 사람들.
사는 일에 바쁜 사람들은 그저 멍하니 바라보고 매일 당하고 삽니다.

"제발 입시지옥에서 벗어나게 해주세요~!"
어려운 것은 들어줄 이 아무도 없으니 공허한 메아리일 뿐.

아름다운 시절의 철수와 영이는 지금 다 커서 책상머리에서 끙끙거리고 있
습니다.
봄이 오는 줄도 모르고.

줄타기

선거철이 되니 거리에 유세차량들이 보이는군요.
트럭 위에 단상을 마련해 놓고 확성기를 틀어놓고,
공천을 받기 위해 이번에도 격렬하게 비난하고 싸우고,
아직까지 국회의원은 한 몫 챙기기 좋은 무언가라고 생각하는 모습들이
그대로 보이는 진풍경입니다.
자기만 잘났다고 확성기로 떠드는 건 예나 지금이나 똑같습니다.
말 중에서도 인신공격은 더 잘 들립니다.
밟고 지나가리라…. 이건 무슨 활극도 아니고.
암튼 균형이 맞지 않으면 다 소용없습니다.
줄타기하는 사람들. 누군가가 그 자리를 꿰차겠지만 이제부터라도 진정한
종노릇 좀 하시길…. 위에서 군림하지 말고.

비 오는 날의 수채화

토요일부터 비가 내리며 그칠 줄 모르는군요.
새로 돋아난 나뭇잎도 무성해져서 가지들이 축 늘어져 있습니다.
푸른 잎들을 보니 봄이 언제 있었냐는 듯 여름으로 치닫고 있는 것 같습니다.

주말 잘 보내셨죠?
어린이날 어버이날 거리에는 외식하러 나오신 분들이 많은지 차가 많이 밀
리더군요.
일 년에 한 번 부모님을 생각하진 않으시겠지만 아무튼, 날이 되면 어김없이
복잡 복잡합니다.
나이가 들면 생각도 단순해지시는지 무슨 날만 되면 틀림없이 기억해내는
노부모님들.
우리나라만 그런 건 아니겠지만 참으로 행사도 많습니다. 집안 식구들 생일
잔치도 많고 친지들 결혼식 회갑연에 또 무슨 파티다 해서 달력을 보면 빨갛
게 표시된 행사들이 참으로 많군요.
요즘은 예전보다 씀씀이가 적어지긴 했지만 소비할 것과 곳은 많아 주머니
는 늘 비어있습니다.
뭐 그래도 이것도 문화려니, 그러려니 하며 살아가는 것이죠.
이제 비가 그칠 모양인지 산등성이에 운무가 선명하게 보입니다.

비에 씻긴 멋진 산처럼 피곤을 씻어버리고
시원한 한 주 잘 보내시길 바랍니다.

열심히 일합시다

성장하던 우리나라가 언젠가부터 멈췄습니다.
그동안 앞만 보고 달려왔는데 언젠가부터 그것도 시들해졌습니다.
고도성장의 뒤끝인지 허탈감은 더 심해졌습니다.
여행을 하다 보면 많은 사람을 보게 됩니다. 그들이 사는 모습과 일하는 모습들을 보면서 나 자신을 생각하고 반성하게 됩니다.

어딘가에 얽매이지 않고 일하기를 원하는 사람들. 하지만 현실은 사람들을 가만두지 않습니다. 알게 모르게 어떤 식으로든 고리 고리 이어지고 서로 떨어질 수 없는 관계가 되고 맙니다.

우리나라 교육은 여러 말 필요 없이 열심히 공부해서 일 등 해서 놀고먹자는 교육이 앞섭니다. 부모들은 아이들의 행로에 가장 큰 역할을 하는데 모두 무리를 해서라도 열심히 공부시켜 그 아이들이 편안한 직업을 갖기를 원하고 또 그것이 미래를 망치고 있습니다. 모두들 정치 탓을 하고 있으나 정치도 우리나라 사람이 하는 거고 그것도 부모들과 비슷한 생각을 가진 사람들이 하는 것입니다.

열심히 공부해야 훌륭한 사람이 되고 부자로 살 수 있다는 말을 아이에게 서슴없이 말합니다.
이제는 말을 정확하게 해야 합니다.
"자기가 원하는 분야에서 열심히 공부하고 열심히 일해야 한다!"고 말입니다.

모든 지식은 그것이 지향하는 궁극적인 목표가 확실해야 하는데 적성과 관계없이 무조건 머리에 쓸어 담기 바쁘고 언젠가 그것이 쓰여지기를 희망하지만 현실은 그렇지 않습니다.

인기학과가 생기면서 언제부턴가 대학에서도 서로 반목하는 분위기가 계속되고 있습니다. 적당히 그 대열에 합류만 하면 누군가 나를 써주겠지 하는 생각도 이제는 통하지 않습니다. 취업의 폭이 좁아지다 보니 20년 공부 헛되어 자신이나 부모나 앞으로의 삶이 막연하기만 합니다. 자원도 변변찮은 나라에서 쓸데없는 고급인력만 양산하는 교육.

친구들끼리 술자리에서 흔히 농담 삼아 얘기합니다.

'고급거지만 양산하는 나라 대한민국!'

미래에는 세계의 판세가 뒤집힐 거라고 전문가들은 예견하고 있습니다.

우리나라처럼 원자재가 부족한 나라는 남의 나라 눈치 보기가 더 심해지고 경쟁력 있는 몇몇 기업을 제외하면 일자리가 더 이상 나오지 않을 것 같습니다.

이제 부모들이 바로잡아야 할 때입니다.

정부만 믿고 공부만 잘하는 사람을 믿는 건 소가 밥 지어 오기를 기다리는 것과 같습니다.

"우리나라 사람 모두 열심히 일하지 않으면 우리의 미래는 없습니다!"

하루 편하게 노는 날

아지랑이가 눈에 보일 정도로 날씨가 포근합니다.

긴 겨울이 끝나는 모양입니다.

이번 달부터 아이들의 휴일이 하루 늘어났다고 하는군요.

과외공부다 뭐다 해서 아이들이 정신없이 세파에 휘둘리다 보니

하루 편하게 노는 날이 좋은가 봅니다.

놀러 가자고.

후후. 아빠들은 주말에 놀러 갈 비자금 만들어야 할 처지입니다.

4월 하면 떠오르는 것이 만우절, 식목일. 또 뭐가 있나?

요즘은 11월인가에 나무를 심어야 좋다고 하는데 예전에는

치산치수를 강조하던 때라 강제로 동원되어 나무를 심으러 갔던 때가 있었
습니다.

낡은 사진을 뒤척이다 보면 나무 심던 빡빡머리 학생 사진이 나오는데 지금
다시 봐도 머리하며 복장하며 치기 어린 모습이 웃음을 자아내게 합니다.

정책이 어쩌니저쩌니 모르고 공부하던 예전 학창시절이 그립습니다.

그저 부모님의 사랑으로 무럭무럭 커가던 어린 시절.

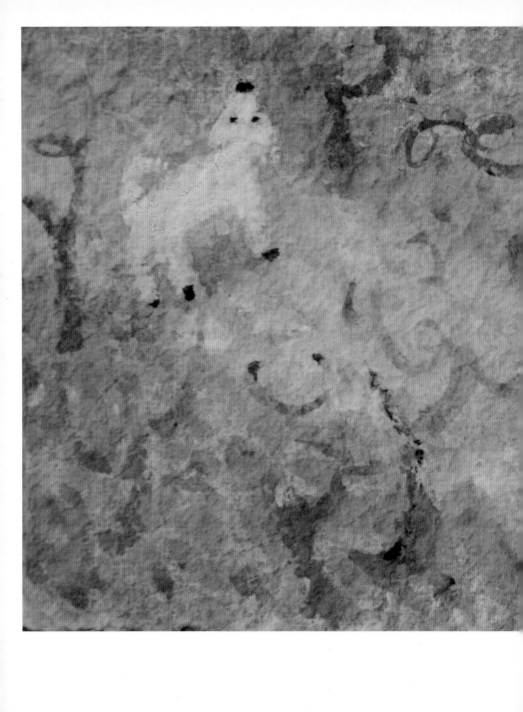

희망의 꽃

모 의원이 바닥에 뒹굴며 오열하는 모습을 보니 정말 슬프더군요. 제가 개인적으로 좋아했던 몇몇 의원들이 결국은 여야로 갈려 싸우고 때리고…. 그 중 몇 분은 여야를 떠나 민주주의를 위해 투쟁해온 분들인데, 이런 모습을 예전엔 상상조차 못했는데 그러고들 있네요.

민주주의를 외치며 수배자의 신분으로 신출귀몰 전국을 누비던 그분들, 때로는 감옥에 있었을 때가 차라리 그들에겐 더 낫지 않았을까 싶었습니다. 바늘로 찔러도 눈물 한 방울 나올 것 같지 않던 그들. 당당하게 입성한 국회에서 서로 반목하며 오열하는 모습을 보았습니다. 정치인이 되어 말 한마디 약속 하나를 지키지 않고 신뢰를 저버렸지만, 그래서 미워도 했지만, 다시 일어나서 제발 국민들 속이지 말고 국민을 위해 열심히 일해주시기 바랍니다.

왜 그곳에만 가면 그러니? 친구들아!

모든 분야가 비슷하겠지만 운동선수 특히 기계체조 선수들은 반드시 한번은 죽을 고비를 넘겨야 한답니다.

처음 체조를 배울 때 평행봉에서 착지를 위해 손을 놓고 처음 공중을 돌 때는 모든 걸 포기한다고 합니다. 무사히 다치지 않고 땅에 착지하면 그런 자신이 참으로 대견하다고 합니다. 용기가 없으면 불가능한 일이지요. 이처럼 아름다운 용기는 세인들에게 사람이 보여줄 수 있는 극한 상황, 그리고 멋진 체조를 보여줍니다.

운동권 학생들.

민주주의 수호를 외치며 거리로 뛰쳐나오고 쫓기고…. 죽음은 곧 민주주의로 환생한 꽃이라 여기는 그들은 죽음도 불사합니다.

그들이 성장해서 진전된 민주사회의 선봉에 서서, 목숨까지 희생한 선배들의 몫까지 다함께 민주주의의 꽃을 피우기를 진심으로 바랐습니다.

그래서 그들이 치켜든 멋진 지휘봉 끝을 바라보며 덩실덩실 춤추며 한세상 더불어 살기를 원했습니다.

그 선봉에 섰던 많은 이들.

그러했던 그들이 국회의 더러운 구둣발자국 찍힌 바닥에 주저앉아 울고 서로 치고받고 있었습니다.

정말 잘해나갈 줄 알았던 것은 착각이었나 봅니다.

어떻게 여의도 국회에만 발을 들여놓으면 거짓말을 일삼고 서로 미워하고….

그러나 포기하면 안 됩니다.

거기가 뭐 명패나 날리고 뺨 때리고 주저앉아 우는 곳입니까?

앞으로 국회, 그 바닥에 이 땅의 신성한 흙을 묻힌 유능한 인재들의 발자국이 도배될 때까지 그냥 지켜보기만 하면 안 될 것 같습니다.

오늘 월요일입니다.

이틀 동안 쉬면서 별생각을 다해봅니다.

죽어야 산다…. 지금 이 순간이, 올 때까지 온 밑바닥이면 좋겠다는 생각이 들었습니다.

더 이상 물러설 길이 없는.

이제부터라도 다시 일어서서 밝은 혜안과 선명한 마음으로 살아갈 수 있다
면 결코 늦은 것이 아니라는….

우리는 지금 살아있는 이 순간을 사랑해야 합니다.

지나간 과거의 온갖 악행과 선행도, 그리고 지도자들과 명현들이 베풀었던
은혜도 지금 여러분과 더불어 살아있는 이 순간만은 못합니다.

과거의 순간들은 오로지 이 한순간과 앞으로의 희망에 작은 자양분이 될 뿐.

우리 님들도 더 열심히 즐기시고 희망을 가지시길.

가족을 사랑하고 온갖 부정부패에 맞서는 이웃을 사랑하고

이 땅에 붙어있는 풀 한 포기, 지는 꽃잎 한 장이라도 사랑하며.

찔레꽃 한 사발

요즘 찔레꽃이 한창입니다.

요놈들은 평상시에 세인들의 관심도 못 끄는 나무지만 아카시아 꽃이 지기 시작하는 이맘때쯤 소박한 아름다움에 사랑을 많이 받는 꽃이랍니다. 노랫말 속에서는 찔레꽃이 서민을 상징하기도 합니다. 화려한 장미가 피는 오뉴월. 그저 평범한 자태가 오히려 슬픔을 자아내는 그런 꽃이지요.

아름다움.

하지만 꽃을 피우는 것은 각고의 노력 끝에 올려지는 생존경쟁의 시작일 뿐이지요. 요즘은 흔하지만 난초는 꽃 피우기가 가장 어려운 식물 중 하나입니다. 선물로 받은 난초가 꽃이 다 지고 다음 해에도 다시 꽃이 피어주길 바라지만 대부분 잎만 자랄 뿐 좀처럼 꽃을 피우기가 어렵지요. 난초는 환경이 어려울 때 비로소 꽃망울을 올린다고 합니다. 씨앗이 떨어져 칠 년을 소나무밭에 숨어 지내다가 비로소 살짝 싹을 내미는, 성장은 아주 더디지만 겨울에도 파란 청백리를 상징하기도 하지요. 그런 것에 비하면 찔레꽃은 아무 데나 심어줘도 잘 견뎌내는, 생명력이 대단하단 점에서 각고의 노력 끝에 피어나는 난초에 버금가는 꽃이라고 여겨집니다.

찔~레꽃 향기는, 너무 슬퍼요….

오늘 찔레꽃 몇 송이 야심한 밤에 그릇에 담았습니다.

배불리 먹으려고요. 같이 드시죠? 사랑스런 서민의 향기.

또 한 주가 시작되고 오월의 마지막 주가 지나갑니다.

한 주 알차게 보내시길 바라면서.

흙이 밟고 싶은 날

봄날.
농부들이 바빠지기 시작했습니다.
못자리를 만들고 모종을 내고 각종 농기구도 마당으로 나오고.
겨우내 땔감으로 사용하던 낟가리도 이제는 사라지고 그 재가 황토에 버무
려져 흙 색깔이 제법 기름기 있어 보입니다.
소 어르는 소리가 들리고 가끔씩 돌에 쟁기 부딪히는 소리
놀란 개구리 물 텀벙대고
재빨리 달아나는 물뱀의 긴 꼬리
행여 알이라도 채어갈까, 지지배배 높은 곳에서 얼레 짓만 하는 종다리.

음, 고향이 그립습니다.
지금은 논바닥 한가운데에도 고층 아파트들이 흉물스럽게 서 있지만
그 마음, 땅이 어디 가겠는지요.
농가월령가가 울려 퍼지는 들녘, 사물놀이 장단에
기다란 꿩 깃 꽂은 농기구를 앞세우고 덩실덩실 춤을 추는 마을 형, 아저씨들
을 보고 싶습니다.

언젠가 다시 돌아갈 고향의 봄.

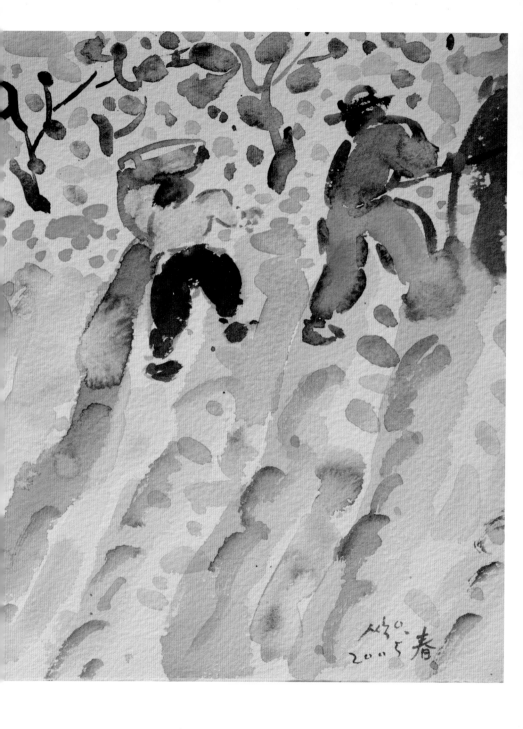

콩밭 고랑 양귀비

봄이 되니 시장에 꽃들이 많이 보입니다.

요즘 꽃시장이야 각국에서 들여오는 다양한 품종으로 그 색깔이 현란합니다.

봄꽃이 산과 들에 만발하기 전에는 화원이나 대형매장들이 있는 꽃시장을 찾게 되는데 아네모네나 양귀비는 특히 사랑을 많이 받는군요.

양귀비.

중국여인들은 발이 아주 작았다 합니다.

어릴 때부터 발을 꽁꽁 동여매어 발이 크지 못하게 만든 탓이지요.

발이 작아야 미인이고 걸음걸이도 예쁘다고 하지만 도망 못 가게 만든 것은 아닐는지.

요즘은 축구선수들이 어릴 때부터 드리블을 잘하기 위해 발을 작게 만든다 는 얘기는 들어봤습니다만.

암튼, 중국의 대표 미인들은 발이 작았다고 합니다.

예쁜 꽃이지만 밤의 세계를 좋아하는 디오니소스의 후예들은 다른 용도로도 양귀비를 사랑하지요.

아시아의 산악지대나 콜롬비아에서는 아직도 많이 재배한다고 합니다.

마약이 나쁘다고는 하지만 인간에게 이롭기도 합니다.

특히 군인들은 아직도 모르핀을 비상약품으로 쓰고 있고 의사들도 그렇지요.

간혹 잿밥에 눈이 멀어 통제하는 이들이 혼자 애용하다 들키기도 하더군요.

제가 어릴 때만 해도 동리 할머니들이 몰래 심곤 했습니다.

상비약을 만들기 위해서였지요.

배가 아프면 줄기와 뿌리를 통째로 삶아 먹이곤 했지요.

양귀비의 종류도 다양합니다.

환각성이 강한 양귀비를 일반인들은 화초로도 재배할 수 없습니다.

양귀비를 가만히 들여다보면 줄기에 털이 송송 나 있답니다.

어떤 양귀비는 그 털이 거칠어 꽃에 걸맞지 않게 줄기만 보면 결코 예쁘다고
는 할 수 없지요.

몽롱한 아지랑이 피어오르는 봄.

봄.

자연을 사랑하면 마약을 통하지 않고도 얼마든지 아름다움에 취할 수 있습
니다.

봄은 짧습니다.

한겨울 좋지 않았던 기억들을 훌훌 털어 버리시고 봄을 만끽하시길.

어제 비가 많이 오더니 습도가 아주 높습니다.

지금쯤 꽃망울을 터트리려 준비하는 놈들은 좋아할 습도지요.

몇 해 전인가 저는 난초를 많이 키웠답니다.

솔밭을 거닐다 보면 만날 수 있는 민춘란을 아주 좋아했지요.

춘란은 꽃망울을 이미 지난여름에 만들어 놓는 놈이랍니다.

기나긴 겨울 동안 색깔을 감추다가 3월에 활짝 꽃을 피우지요.

여린 꽃잎은 화려하진 않지만 앙증맞고 소박한 맛이

화려한 어떤 꽃들보다 매력을 풍긴답니다.

고국산천에 지천으로 널려 있지만

너무 흔해서 화초로서의 거래는 희귀종만 대접을 받지요.

일제 강점기 일본인들은 이 난초들을 아주 부러워했다고 합니다.
남녘 산하 솔밭에 지천으로 피어있는 난초.
너무 아름다운 나머지 샘이 나서 불을 질렀다고도 합니다.
이제 일본인들은 독도도 부러운가 봅니다.

우리 가까이에 있는 흔하디흔한 야생화들.
가만히 들여다보면 우리가 사는 이 땅도 너무 아름답습니다.

목련꽃 그늘아래서

여성들은 자기와 같이 사는 사람들의 가슴이 한없이 넓었으면 하고 바랍니다. 뭐 솔직히 대부분의 남성은 결혼 후 머지않아 밴댕이 가슴이 되어버리기 일쑤지요. 당당했던 가슴이 풀이 죽어 다시 빳빳하게 세울 날만 기다리지만 아기가 태어나고 나이는 들어가고 월급은 깎이고…. 휴~ 대부분의 사람이 그렇지요 뭐.

바다처럼 넓은 가슴. 뻥 뚫린 가슴. 말만 들어도 점점 자신이 없어집니다. 봄도 세간에 울려 퍼지는 난장판 현대생활 아우성치는 소리에 언제 지나가는지도 눈여겨볼 겨를이 없지요. 오늘내일 오르려 했던 북한산도 엊그제 내린 비와 황사 때문에 미루다가 오늘 문득 산을 바라보니 산벚꽃이 만개를 해버렸습니다. 목련은 미친 듯이 피어 베르테르도 연애편지를 그 그늘 밑에서 읽는다면 양다리 걸치는 애인을 생각해 볼 겨를도 없이 아득하고 어지러울 지경에 아마도 넋을 잃고 말 것 같습니다.

그래요. 마음이라도 넓게 가져보려 다시 마음 고쳐먹어 봅니다. 돈 드는 일이라구요? 그렇지요. 근심 걱정 중에 요즘은 돈이 으뜸이지요. 하지만 그렇다고 믿어버리기엔 소망이 사라질 것 같아 애써 아니라고 말하렵니다.

목련이 다시 말을 걸어옵니다.

"저도 예쁜 가슴? 있어요!"

얘들아 학교 가자!

프랑스의 교육기관은 우리나라와 다릅니다.

우선 대학입시 지옥에서 벗어나 있으니 얼마나 좋을까요?

반면 중고등학교에 월반과 낙제가 있으니 공부 안 하면 당연히 대학에 못 갑니다. 입시를 위해 젊은 학생들이 거의 생지옥 같은 과정을 겪는 우리나라와 비교하면 좋은 제도가 눈에 보입니다. 우선 입시시험 대신 '바깔로레아' 라는 자격을 획득해야만 합니다. 고등학교의 수준에 따라 어떤 고등학교들이 명문이 되는 건 다른 나라와 같지만 자격을 획득하면 대학에서 시험을 보는 것이 아니라 마음대로 학과를 선택해 등록할 수 있습니다. 물론 욕심에 의해서 인기학과를 등록했을 경우 낙제생도 그만큼 많기 때문에 전공과목이 자기에게 합당한지는 중고등학교에서 이미 판가름하게 마련입니다.

하지만 속사정을 알고 보면 프랑스는 여느 나라 못지않은 교육 열풍이 있는 나라이기도 합니다.

어느 나라나 양면성이 있게 마련인데 프랑스 역시 엘리트 교육을 위해 경쟁력이 엄청난 '그랑제꼴' 이라는 전문 인력학교를 만들었습니다.

물론 이 학교도 무료교육입니다.

더구나 그랑제꼴을 졸업하면 그 인프라가 대단해서 다른 이들이 접근할 수 없는 학연의 끈이 존재하는 관료주의 나라이기도 합니다.

그 주역을 담당하는 그랑제꼴은 지금도 다른 나라의 비판의 대상이 되기도 하지만 우리나라와 같이 막무가내로 덤비는 교육제도는 아닙니다.

학비가 거의 없는 나라.

부모가 꿈꾸는 가장 이상적인 자식 교육은 돈 안 드는 교육 아닐까요?

아이가 학교에 들어가면 그때부터 자식 뒷바라지에 헌신하는 우리나라 부모로서 프랑스는 정말 부럽습니다.

연간 학비가 학생 보험료만 내면 되는 약 15만 원? 선에서 모든 게 해결되니 우리나라에서 보면 정말 꿈같은 나라입니다. 사립학교(학원)는 많지 않지만 몇 군데 있기는 합니다. 거의 외국인들이 등록하는 경우가 대부분이고 그중에는 패션이나 요리 등이 인기 있지만 프랑스학생들은 전문교육기관인 그랑제꼴에 들어가 배우는 경우가 대부분이기 때문에 비싼 등록금을 내는 학생들은 대부분 외국인입니다. 물론 외국인도 그랑제꼴에 들어가는 게 가능하지만 하늘의 별 따기 만큼 어렵다고 보면 됩니다.

전문인을 양성하는 나라 프랑스의 대학을 보면 우선 우리나라처럼 대학의 수가 엄청나게 많지 않습니다. 개방대학까지 합쳐서 수도 파리에는 13개 대학이 있으니 정말 적습니다.

제1대학부터 제13대학까지 있는데 우리가 잘 아는 소르본느 대학은 제4대학입니다. 주로 실증주의 역사를 가르치는 학교입니다. 대학은 명문이 따로 없는데 그 이유는 대학마다 전공이 다르기 때문입니다. 적어도 대학만큼은 경쟁이 없지만 대부분의 수재들은 그랑제꼴에 들어가는 것을 목표로 삼고 있습니다.

파리 강가가 내려다보이는 작은 언덕에 있는 소르본느 대학은 분위기로 보면 가장 매력 있는 학교지만 그건 분위기만 그렇고 각 학교마다 전문인을 양성하기 때문에 대학만큼은 평준화가 되어있습니다. 오랜 역사를 지닌 파리와 함께 성장해 온 학교, 돈 안 드는 교육.

부럽습니다! 학교에 가면 방학도 다른 나라와는 비교도 안 될 만큼 깁니다. 우리나라와 비교하면 약 60일 정도 차이가 납니다.

얘들아! 학교 가자! 언젠가 이렇게 즐겁게 외쳐 본 적이 있는지 기억나질 않습니다. 우리나라를 정말 좋은 나라로 만들려면 결론은 하나! 돈 안 드는 교육제도를 만들면 됩니다! 어릴 때부터 전문 인력을 만들어 가는 나라 프랑스.

화가인 저도 아이들이 학교에 들어가니 정말 힘듭니다. 공교육이 쇠퇴하니 학원비를 만드느라 별생각이 다 듭니다. 요즘 결혼하는 사람들은 아이를 갖지 않는 사람들이 많다고 합니다. 현대인의 단면을 보는 것 같아 씁쓸합니다.

어찌 되었든 각설하고, 기왕 우리나라에서 살아가려면 낙관적인 생각을 키워야 하는데, 다음부터는 좋은 점도 찾아보렵니다.

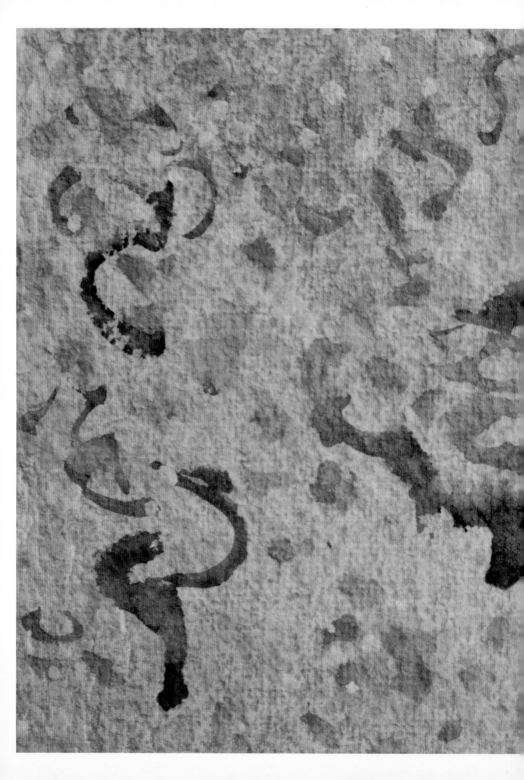

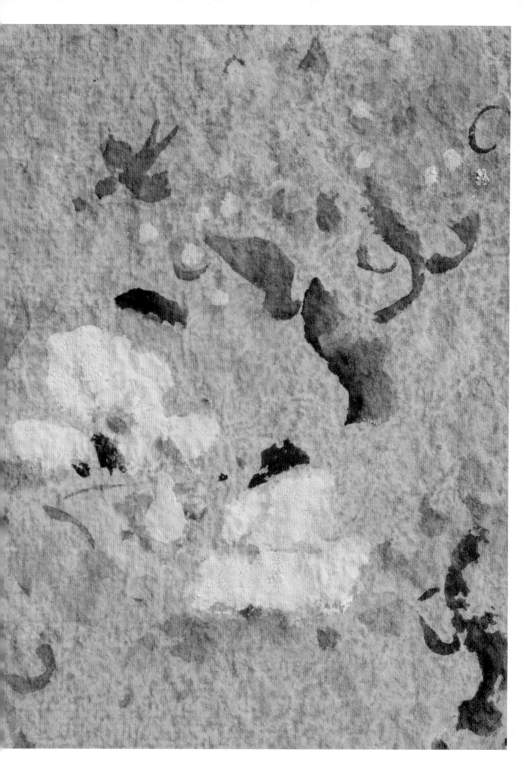

장 받아랏!

장 받아랏!
포도밭에서 장기판이 벌어졌습니다.
청포도 익어가는~ 이육사? 의 시였던가? 암튼 그런 유월이 다가옵니다.
항상 성급한 게 문제지요. 아직도 오월이 가려면 달포나 남았는데.
이제 그림전시 후유증도 조금은 가시고 안정을 찾아가고 있습니다.
저는 싹공클럽 회원님들을 한시도 잊은 적이 없습니다.
올해도 돼지 두어 마리 잡아 출판기념회를 할 수 있으려나 모르겠습니다.
amho98(남지)님이 일기책을 멋지게 만들자고는 했는데.

여름.
제가 여름이 되면 열병을 앓는 게 있습니다.
섬진강 은어낚시 때문이지요.
저는 지리산이 참 좋습니다.
매년 그리로 가는 터라 익숙하고 친구들도 많고.
친구들은 또 놀려대고 있겠지요. 또 놀 생각이냐구요. ㅎㅎ
제 나이가 되면 누구를 설득한다는 것은 불가능하답니다.
그냥 친구를 이해하고 기왕 맺은 인연이니 소중하게 생각할 밖에요.
오늘 봄비가 조금은 세게 내립니다.
우리 집 옥상에 청포도가 한 그루 있는데 이미 싹을 틔웠고
벌써 열매가 달렸더군요.
그래서 포도밭을 그렸는데 마침 오래된 장기판이 보여서

친구를 불러냈습니다.

여보게, 장 받으라니까!!~
장기 두는 사람 어디 갔나~~이런 이런.

지상 위 방 한 칸

작년에 '머나먼 쏭바강'과 '지상 위 방 한 칸'을 쓰셨던 박영한 작가가 돌아
가셨습니다.

돌아가시는 날까지도 병원에서 친구들과 저를 걱정해주시던 님과 각별하였
기 때문인지 몰라도 초파일이 되니 님이 생각납니다.

이번 초파일은 제가 좋아하는 보각사 성원 스님께 가서 돌아가신 님들께 제
사며 절을 올렸습니다.

가신님들도 편안하시라고.

우리 동네 제일 싸구려 집 진미식당과 장모함바집을 들락거렸던 님을 이제
는 이렇게 날이 되어야 생각을 해내게 되었습니다.

제 주변에서 제가 존경하고 사랑했던 분들이 자꾸 돌아가십니다.

북을 치시던 흑우 김대환 형이 그랬고 박영한님이 그렇습니다.

초파일.

부처님 오신 날 많은 이들이 좋은 세상으로 가셨기를 기도했습니다.

지상 위 방 한 칸.

이 땅 위에 살면서 그게 뭐 그리 어려우셨는지.

박영한님이 쓰신 소설의 제목이었는데 요즘 그 소설이 자꾸 생각납니다.

세상살이. 지구 한편에 빈대 붙어 살면서 친구들이 어려워하고 즐거워하고
우리나라야 겨울에 엄청 추우니 집은 꼭 필요한 나라지요.

우후죽순처럼 솟아나는 아파트들을 보면서 평생 집 한 칸 마련 못하시고

가신 님이 애처롭고 아련합니다.

문학 하는 사람들 다른 분들도 예외는 아니지요.

신춘문예를 통해 등단하고도 생계가 어려워 출판사에서 교정일 보며 소일하고 있을 많은 내 친구들.

힘내자~! 오늘은 마음속에 집 한 칸 짓자꾸나~!! 된장~!

올해도 여지없이 아파트가 주요뉴스로 등장합니다.

막차를 잘못 타서서 고생하시는 분들 정말 안타깝습니다.

하지만 세상일 모릅니다.

지금 못 타신 거 나중에 득 될지도. 전 똑같은 비둘기 집에 사는 거 싫었습니다. 석 자 여덟 자 비좁은 집이라도 아랫목에서 윗목까지 네다섯 식구 뒤엉켜 지내더라도 마음이 더 아름다운 지상 위 방 한 칸 꼭 얻으시길.

우리나라. 제발 돈 많이 안 쓰고도 행복한 나라 되었으면 좋겠습니다.

오월의 노래

오월은 가정의 달이라고 합니다.
어린이날, 어버이날, 부처님 탄신일, 민주화 기념일, 성년의 날, 근로자의 날
또 뭐가 있더라? 아! 바다의 날이 있었군요.
암튼, 좋은 계절이다 보니 많은 이들이 날을 만들어 놓고 놉니다.
제 생각에는 식물들도 이때야말로 세인들의 눈길을 듬뿍 받아
사랑받는 달이지요.

이제는 가슴이 둥둥 뛰는 어린 시절로 다시 돌아갈 수 없겠지요.
그 대신 아이들에게 감동스런 일들을 많이 만들어 줘야 하는데,
아이들과 손잡고 오월의 노래를 한번 불러 봅시다.

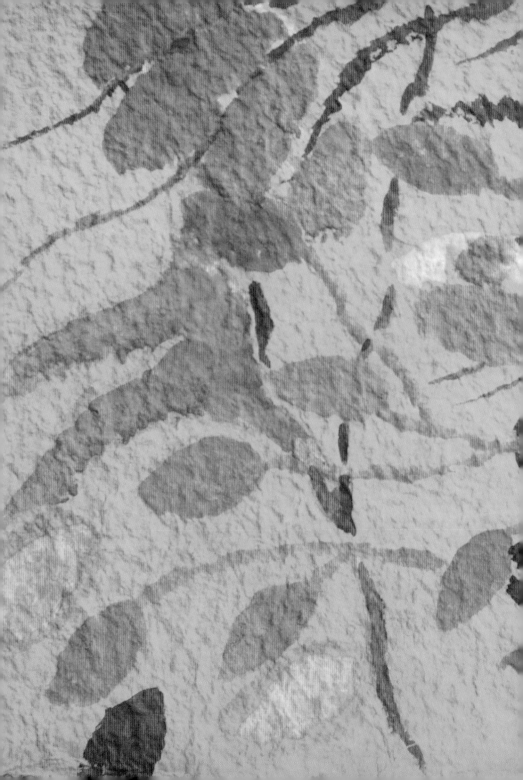

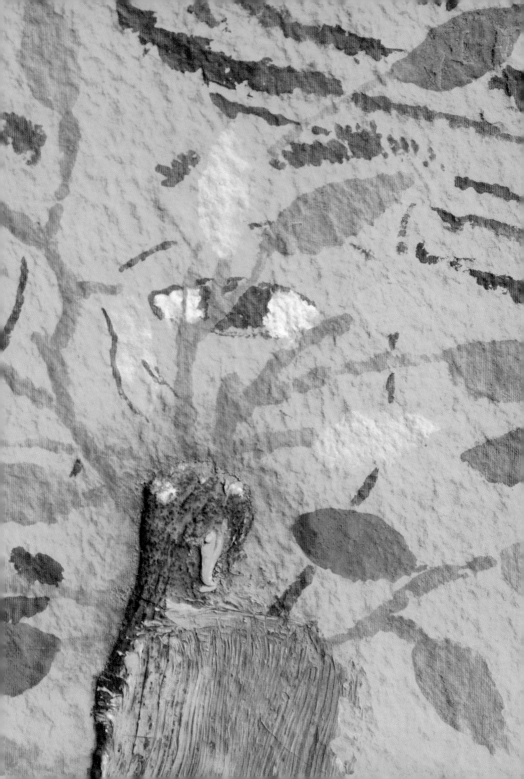

여름

유월스케치

안면도.

낙조를 보려면 바닷가에서 조용히 지키고 있어야 합니다.

잠시 한 눈 파는 사이 낙조는 소리 없이 바다를 넘어갑니다.

내 친구 얘기로는 잉태하러 들어가는 거랍니다. 내일 동해에서 태어나려고.

밤 바닷가 모래알은 마치 갈아놓은 콩가루마냥 곱습니다.

발바닥을 간지럽게 히는 작은 게들이 만들어 놓은 작은 성들이

넓디넓은 바닷가를 가득 메우고.

고놈들 참으로 부지런하고 개체 수도 엄청나게 많습니다.

그믐날 새카만 바닷가에 아이랑 작은 호미 하나와 손전등을 들고 바다에 나가 골뱅이를 줍습니다. 그믐이라 밤하늘의 별은 무서우리만치 가까이에 있습니다.

아이에게 호두 서리하던 어린 시절 이야기를 들려줄까 하다가

캄캄한 바닷가의 아름다운 소리를 깨버릴까 조용히 걷기만 합니다.

다믄다믄 박힌 골뱅이를 작은 손전등으로 비춰가며 서른 마리 남짓 주웠나 봅니다.

이렇게 유월이 시작되고 여름 바닷가가 시작됩니다.

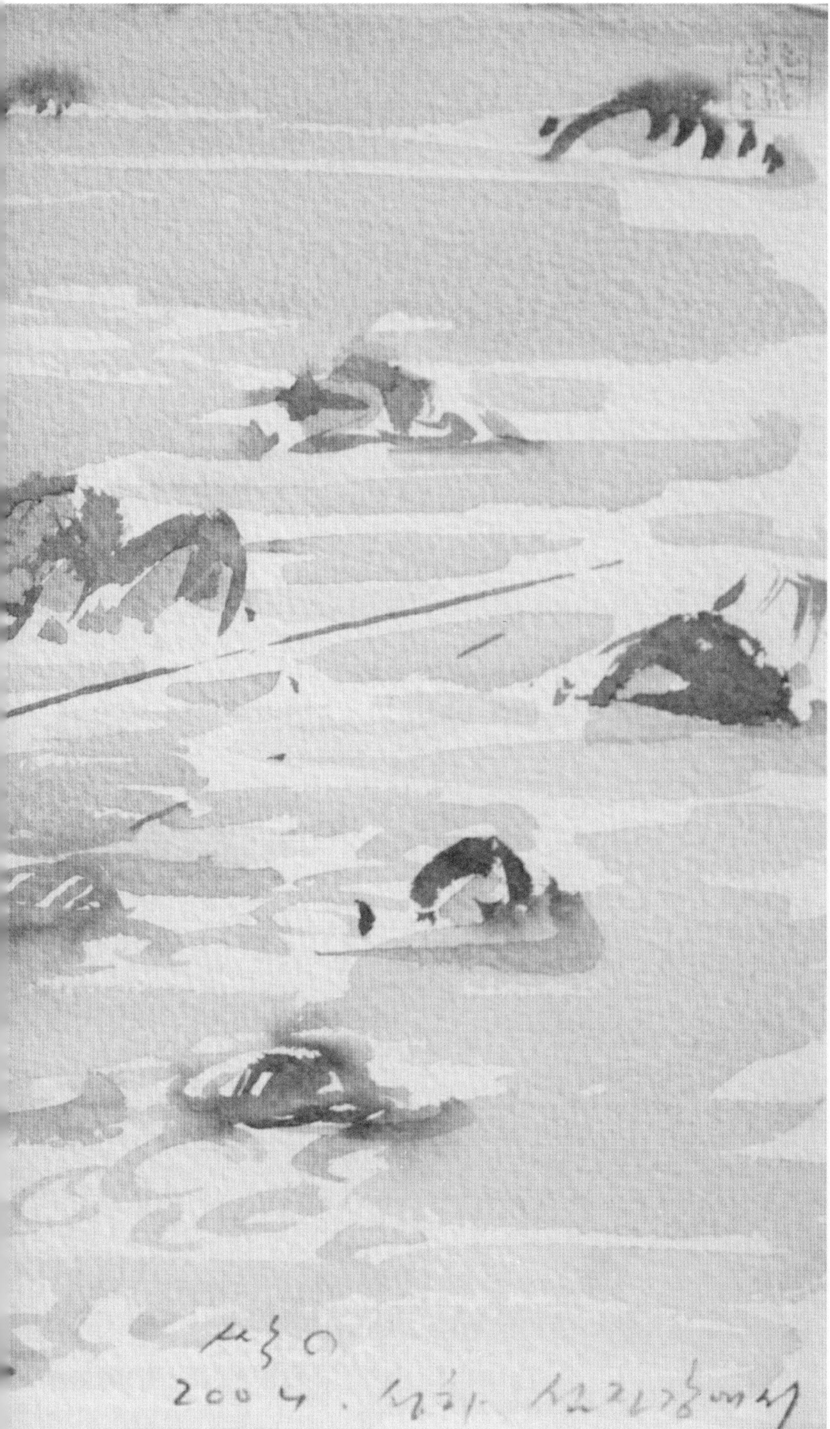

정해진 삶

지리산.

웅장하며 그 깊이를 가늠할 수 없는 우리나라의 명산,

시대의 아픔을 간직한 채 아직도 반목하는 곳,

그나마 환경이 잘 보존되고 있는 곳.

지리산 하면 떠오르는 여러 가지 말들이 있습니다.

이런 것들 외에 저는 지리산 자락을 끼고 흐르는 섬진강의 은어를 떠올립니다.

정해진 삶을 예외 없이 받아들이는 은어를 말입니다.

연어와 마찬가지로 회유성 어종인 은어는 섬진강에서 태어나서 섬진강에서

죽습니다.

한꺼번에 집단으로 알을 낳고 죽어버리는 비장한 놈들이지요.

대부분의 동물은 새끼를 위해 헌신합니다.

인간도 예외는 아니지만 복잡한 생각들을 가지고 있어 차이가 납니다.

인간이 죽을 날을 받아놓고 딱 그때에 맞춰 동시에 죽는다면 참으로 대단할

겁니다.

태어나는 날과 죽는 날을 위해 모든 프로그램을 맞추겠지요?

아무리 생각해도 인간의 죽음은 은어보다는 더 복잡합니다.

은어 요놈들은 자기가 죽은 다음은 생각하지 않는 놈들입니다.

오히려 자기가 낳은 알을 겨냥하는 다른 물고기들에게 얼레짓을 하며 몸을

내어주는 격이라고나 할까?

그 장엄한 물고기의 장례식을 보러 가고 싶습니다.

둥둥 섬진강을 메우며 떠내려가는 은어의 시체들.

피아골의 단풍이 한반도의 아픔을 되새기는 듯 핏빛으로 물들일 때 즈음.

빚쟁이

올여름.

어려워질 거라는 예상과는 달리 많은 사람이 도시를 비우고 산으로 바다로 나갑니다.

빚을 내서라도 말입니다. 카드빚.

나갈 때 마음과는 달리 돌아오는 길은 걱정이 앞서지요.

어이구#@!#!!#@! 빚쟁이를 어떻게 보나! 하며 말입니다.

요즘은 카드빚이 대부분이지만 이자는 고리대금보다 더하지요.

요즘 현대를 살면서 카드를 안 쓰면 모를까, 모두 빚쟁이가 되어가고 있는 듯한 기분입니다.

전화도 그렇고, 휴대폰도 앞으로는 상상도 못할 정도로 더 진화하겠지만 매달 할부로 나가는 돈도 어찌 빚이라 안 할 수 있겠습니까.

빚 있는 님들. 고군분투하여 빚 갚고 집사고 애들 잘 키우시길 바라면서.

여름과 베짱이가 아니에요. 여름엔 빚쟁이 조심하세요.

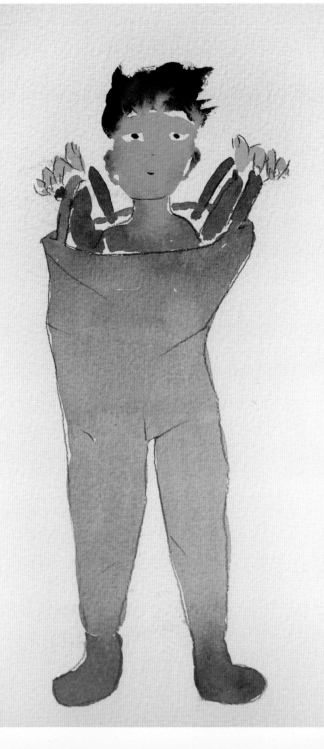

바지장화

장마가 끝났나⁇
오늘 아침 살짝 햇볕이 나더니
암튼, 오랜만에 해 구경을 하는군요.
지난주에 짐을 정리하다 보니 사람들의
편리상품이라는 것이 정말 대단하다는 생각이 들었습니다.
조금이라도 편리하기 위해서 머리를 쓰는 사람들.
하긴 그래서 비만체질이 되었겠지요?
이번 주부터 휴가를 떠나는 사람들이 있겠군요?
싹공은 다 캔슬. 쩝!@#!!!!!!

나를 이끌어주는….

오늘 신을 신다가 문득 신발에게 고맙다는 생각을 합니다.
어디든지 이끌어주니 말입니다.
그러다가 신라의 장수처럼 저놈 목을 베어버릴까? 후후.
아니면 발에다가, 고맙기는 하지만 나를 기생집에 이끌다니 하고 발마저?

옷이나 신이나 한 해를 넘기면 형태가 후들거리기 시작하고 늘어지기 일쑤군요.
이것도 현대병인가 봅니다.
세탁기에 넣고 독한 세제로 흔들어버렸으니 그것도 수십 번. 이리 닳아 버릴
수밖에.

나를 이끌어주었던 부모님, 스승님.
그들도 온기만 남기고 나의 곁을 떠나갑니다.
결국 나를 이끌고 가야 할 님들은 다 떠나고 매년 아니면 수 삼 년 만에 새로
다시 페어차는 옷이나 신발만이 나를 이끕니다.
그래 이제는 너희에게도 인사나마 아끼지 말아야겠다.

고맙다 신아!
고맙습니다. 神이여! 엥?

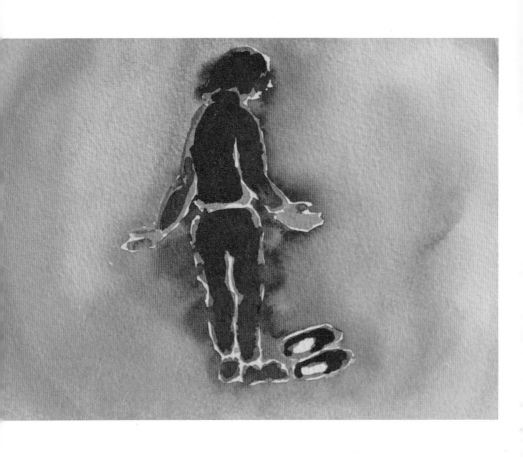

이사 가는 사람

수도이전 문제로 요즘 나라가 술렁입니다.

서로 이해관계가 달라 반대도 하고 찬성도 합니다.

이사.

저는 이사 소리만 들어도 끔찍합니다.

남들은 부동산 늘리는 재미로 이사를 다니는지 모르지만 저는 거의 쫓겨 다니는 수준이지요. 자랑스러운 일은 아니지요. 이사 다닐 때마다 사는 곳은 더욱 열악하게 되는군요. 전셋집이란 게 그렇지요 뭐.

대부분의 국민은 아파트 한 채 갖는 것이 소원이기도 합니다.

푸른 대지 위에 자꾸만 솟아오르는 아파트를 보면서 한편으론 저런 무식한 국토개발이 다 있냐 싶으면서도 집 없는 서민들은 저런 거라도 한 채 갖고 싶은 마음이지요.

결혼을 하고 가족이 생기면 그러한 마음 굴뚝같지요.

혼자 사는 사람들이야 어차피 자기 한 몸 간수하는 거라 별로 신경 안 쓰지만 아이들이 생기면 문제는 달라집니다.

금리가 낮아져서 은행 돈이라도 빌려 집 사는 사람들도 많지만 요즘같이 어려운 세상에 작은 이자라도 부담스럽지요. 서민들은 그렇게 살아갑니다.

후후. 비가 내리니 별 신세타령이 다 나오는군요. 더 이상 생각하면 아침부터 막걸리 생각날 것 같아 그만 하지요.

수도 이전.

돈을 들여서라도 먼 미래를 본다는 프로젝트지만 동북아의 맹주가 되겠다는

부푼 꿈만 가지고 살아가기에 우리는 너무 부족한 것이 많습니다.

오랜 정쟁과 강대국의 틈새에서 자기 한 몸 건사하느라 남들 둘러볼 겨를조차 없이 살아온 처지에서는 더욱 그렇습니다.

마음 한구석에는 배금주의와 이기주의가 팽배하고 삶의 목적이 분명하지 않은 교육을 받고 살아온 세대들에겐 이러한 것도 결국 투쟁의 한 방법일지도 모를 일입니다.

무언가를 열심히 해야 삶의 질을 높이고 심심하지 않다고 생각할지도 모릅니다.

동족끼리 휴전선을 긋고 매년 국방비는 늘어나는, 마음마저 분단된 민족국가 대한민국.

정가에서 매번 나오는 소리가 상생이 어쩌고 하지만 그건 말뿐이지 실제로 그것을 하려고 하는 정치인들은 없어 보입니다.

특히 당을 가르고 보니 자기 소신보다는 다른 당이 하면 무조건 반대 입장을 표명하는 것이 정치하는 사람들의 행태입니다. 어떤 때는 욕 나오지요.

아이들이 학교에 입학하고 나면 대부분의 부모는 아이들 사교육비 대느라 인생을 허비합니다.

국민의 삶의 질을 높이는 행정이라면 돈을 들여서라도 이러한 것부터 해결해야 하지 않나요? 엊그제만 하더라도 사교육을 해결하고 현존하는 민생문제를 해결하겠다던 목소리들은 쏙 들어가고 이제는 또 다른 문제를 들먹여 국민은 또 세월만 죽이고 있습니다.

인생은 짧습니다.
정말 상생하는, 더불어 살아가는 이웃이 그립습니다.

낮잠

언제부턴가 낮잠을 자기 시작했습니다. 아니 밥만 먹으면 졸립습니다.
밤 작업이 많아서 그런가 싶었는데 그게 아닌 것 같습니다. 그래. 확실히 나
이를 먹어가는군요.

정도가 심해져서 여름에 낮잠을 자지 않으면 앞이 보이질 않아요.
어린 시절 어머니 무릎을 베게 삼아 선선하게 부쳐주던 부채질 자장가가 더
그리운 걸까? 줄기차게 쏟아지는 칠월 장맛비에 취하는 걸까? 요즘같이 불면
증에 시달리는 사람들이 많은 시절에 행복에 겨운 소리인지도.

가만히 앉아있어도 얼굴이 달아오르는 화로 속 같은 작업실에서 땀을 삐질
삐질 흘려가며 낮잠 한잠 거하게 자다가 삐걱거리며 돌아가는 선풍기 소리
에 잠에서 깨어납니다. 아! 잘 잤다. 눈에 들어오는 온갖 그림 그리는 잠동사
니가 저희들도 졸린 지 힘이 없습니다.

그래, 내가 다시 어루만져주마.
잠에서 부지런히 걸어 나와 찬물로 얼굴에 그려진 선명한, 깔고 자던 불그스
레한 수건 자국을 지웁니다.

ㅎㅎ 파이팅! 싹공!

창살 없는 감옥

무더운 여름. 아마도 감옥에 갇혀있는 수감자들은 그 고통이 이루 말할 수가 없겠지요.

사람은 태어나면서부터 죽을 때까지 수많은 일을 겪습니다. 살아가면서 지켜야 할 것은 너무 많아 셀 수도 없습니다. 모든 법을 완벽하게 지키는 사람은 아마도 없을 겁니다. 때로는 자기 자신도 법을 어기고 있는지 모를 때가 있지요. 사실 마음속으로는 좋은 법 나쁜 법을 가리지요.

법.
때로는 스스로 자기 자신에게 필요한 법을 만들기도 합니다.
"내가 그 인간을 쳐다보기나 하나 봐라!"
"그 인간들이 잘하면 내 손에 장을 지지겠네!"
휴~~
사람들이 억울함을 당하면 이렇게 말합니다.
"세상에 이런 법이 어디 있습니까!"

마음의 창살을 만들고 안 만들고는 개개인의 사고와 능력이겠지만 세상에 억지로 되는 일은 없겠지요.

우리 님들, 마음의 창살 거두시고 무더운 여름 아무 탈 없이 지내시고 울타리 안, 작은 행복이라도 찾아보십시다.

장마철은 도시나 농촌이나 다 힘들지요

매년 무사고 장마철은 없었으니 말입니다.

이 모든 것이 대충 주먹구구식으로 살아온 우리의 현실입니다.

말로는 선진국을 지향합네 하지만 기초생활권조차 지켜지지 않는 것이 많습니다.

30만 명이나 되는 아이들이 굶고 400만 명이나 되는 신용불량자를 양산한 나라가 무슨 할 말이 있겠습니까?

김영삼 정권 때만 해도 나랏빚이 얼마입네 하면 정말 큰일이나 난 것처럼 호들갑을 떨더니 이제 나랏빚은 계산할 수도 없나 봅니다.

연일 외국인이 이끌고 가는 주식시장만 봐도 한숨이 나오지요.

앞으로도 외국인의 장난에 나라 경제를 맡겨야 할 것 같습니다.

일본이 오랜 침체 끝에 이제는 회생하려고 한답니다.

하지만 이제 우리는 처음 일본경제가 당했던 것처럼 똑같이 가고 있다니.

더군다나 일본은 침체기에도 꾸준히 기술력 향상을 위해 투자해왔지만 우리 정부나 기업들은 한심하기 이를 데 없군요.

화가가 뭐 아는 게 많기야 하겠습니까마는 내가 이 정도 위기감을 느끼고 있으니 다른 전문직업을 가진 사람들은 얼마나 걱정이 많겠습니까.

예년 이맘때쯤에도 편안히 야영준비나 하고 있으려니 하였지만 결국 포기했는데 올해도 맘 편한 여름휴가는 틀린 것 같습니다.

어제 빗소리에 잠을 깨어 보니 지붕에서 물이 새는지 거실바닥에 물이 흥건하군요.

올해 들어 나 자신도 불평불만이 많은 걸 보니 몸과 마음이 제대로 가고 있질 못하나 봅니다.

이미 장마철이지만 몇 해 전부터는 장마철 따로 없이 기상이변으로 여름철만 되면 물난리를 겪고 있습니다.

모쪼록 다시는 인재로 인한 피해가 없도록 관리 잘하시길 바랍니다.

근본 없는 음식은 미래를 망친다

요즘 쓰레기만두 때문에 국민이 분개하고 있습니다.

대기업들조차 편승했으니 분노는 더합니다.

돈이란 게 뭔지. 꼭 이렇게 해서라도 우리 이웃에게 먹일 음식을 가지고 양심을 버려야 하는 건지 어이가 없습니다.

이런 사람들은 자기 집에서 그 만두를 안 먹겠지요?

하지만 자기 자식도 이러한 환경은 절대 피할 수 없으니 참으로 한심한 나라의 국민입니다.

정부규제도 아직은 강력대응이 아닌, 많지 않은 벌금부과로, 결국은 다시 범죄를 반복하는 일이 벌어지고 있습니다.

나라의 경쟁력을 키우는 요소 중 우리가 흔히 자주 먹는 음식은 아주 중요한 여건을 조성합니다.

마음대로 먹고 열심히 일할 수 있다는 것은 기본 중의 기본입니다.

이런 나라에서 다른 선진국과 경쟁을 운운한다는 것 자체가 웃기는 일입니다.

오늘 미국은 협박에 가까운 주한미군 이전부지협상 발언을 했습니다.

남들에게 우습게 보인다는 건, 우리가 모두 우습게 보일 일을 했기 때문입니다.

한동안 신토불이라고 해서 이 땅에서 자생하는 음식재료들을 선호하던 풍습이(아직도 그러하지만 양은 많지 않아) 너무 바쁜 현대생활에 밀려 이젠 모든, 값이 조금이라도 싼 채소들은 중국 것들로 교체된 지 오래되었습니다.

그런데 문제는 업자들입니다.

농수산물에 항생제와 농약은 물론이고 고의로 납 성분이나 방부제 샤워를 일삼는 중국 업자들은, 우리나라의 쓰레기보다도 못한 업자들이 눈을 감고 수입하기 때문에 이 땅에 수출하게 됩니다.

어른들이야 뭐 이런 것들을 먹게 되는 것이 자업자득이라 치더라도 요즘은 학교마다 공동급식을 하기 때문에 미래의 국민들에게는 정말 심각한 문제입니다.
그렇다고 우리 식구만 잘 먹겠다고 텃밭을 일구고 울타리를 치는 것은 더불어 살아가고자 하는 세상에 너무나도 이기주의적인 발상이 아닐 수 없습니다.
나이 들어 할 일이 없어, 아니면 자연을 생각하기 위한 심심풀이라면 몰라도.

농사는 농부가 지어야 하며, 병은 의사가 고치고, 집은 목수가 지어야 하는 것이 건강한 사회라고 생각합니다.

건강한 식탁.
거기에는 우리가 베풀어야 하는 마음 씀씀이가 중요합니다.
근본 없는 곡식과 채소와 육류는 없습니다.
이웃을 사랑하고 자신을 사랑할 때 선명한 근본이 보입니다.

우리 님들. 이웃과 잘 지내시길.

공직자는 무더위를 체험하라!

이 그림이요? 공직자의 초상화입니다.
휴가철이 되었습니다. 오랜만에 남대문 재료상을 구경하러 나갔었습니다.
예전 같으면 낚시점이나 등산용품점들은 발 디딜 틈도 없었을 텐데 손님 한
명 들어있는 집이 드물더군요. 만나는 사람마다 피서는커녕 태어난 이래로
가장 무더운 여름철, 그리고 또 한 해가 금방 갈 텐데 앞으로 계속 서울에서
어떻게 버텨야 할 지 막막하다고 합니다.

서민들의 체감온도는 잘사는 사람들보다 아주 빠릅니다. 휴가라고 해봐야
가족들과 계곡에서 하루에 돈 만 원씩 주고 야영이나 하면 최고로 아는 서민
들인데 그나마도 포기하는 것 같아 씁쓸했습니다. 국민은 경기가 좋건 나쁘
건 세금은 꼬박꼬박 내고 점점 주머니는 비어 가는데 청백리도 계시겠지만
대부분 고위공직자들은 알게 뭐냐는 식으로 이 불황에도 국민이 내는 세금
들 가지고 잘들 계시겠죠? 올여름 무더위가 40도가 될 즈음 집에 있는 에어컨
들 끄시고 한 번이라도 무더운 삶의 체험을 해보시길 바랍니다.

공부 많이 하고 아는 거 많고 지위 높으면 뭐합니까?
애민(愛民) 백성을 사랑할 줄 모르는 공직자들은 이 땅에 필요 없습니다.

우리 님들, 무더위 특히 조심하시고 꿋꿋하게 이웃 사랑하며 사십시다.

가마솥더위 날 좀 잡아드슈

연일 불볕더위가 계속되고 있습니다.

이런 날에는 활동하는 거 자체가 모험입니다.

올해 에어컨도 없는 화실에서 불평만 하다가 초년시절 머리도 들지 못하던 다락방에서 여름을 나던 기억을 해봅니다. 그러고 보니 머리가 싸늘해지는 군요.

이깟 불볕더위쯤이야 하지만 은근히 집안 노인네들이 걱정됩니다.

이럴 때 나긋나긋한 전화 목소리라도 들려드리면 최고인데.

잘 익은 아들 목소리에 잠시나마 더위를 잊으실 텐데.

생각난 김에 전화를 드려보니 아랫집에 마실 가신 모양입니다. 음.

우리 님들도 잘 계시겠죠?

어제 양평에 사는 친구가 천렵질을 했다고 가족들 데리고 밥 먹으러 오라고 하더군요. 돌아오는 길. 휴, 일곱 시간이 걸렸나? 소화가 두 번 되고도 남을 시간을 차에서 보냈습니다. 움직이지 마세요. 아이들 노래처럼 '그대로 멈춰라!'

요즘 제가 싹공일기 게으른 것 같죠?

이것도 너무 자주 보면 스트레스 받을지도 몰라요.

일주일에 두어 번 정도로 조정하고 있습니다.

여름철 지나면 또 출간을 위해 뛰어야죠.

전 국민이 보는 날까지, 아자!

그럼 우리 님들도 날 잡아 잡수시고.

힘내시길.

웰빙 웰빙

시원한 소나기를 기다리는 팔월 첫 주입니다.

작업을 할 수 없을 정도로 덥군요.

더위쯤이야 했는데 폭염에 마음이 약해지고 있습니다.

서로들 내 몸 하나 건사하고자 하는 요즘, 가족과 이웃의 건강까지 생각해주는 적지 않은 사람들이 그저 고마울 따름입니다.

양평에서 청평으로 넘어가는 고갯길 마루턱에 커다란 간판이 하나 눈에 띄더군요. 무슨 공동체라고 하는데 제가 그곳을 잘 모르니 이러쿵저러쿵 얘기할 수는 없겠지요.

하지만 마음은 착잡하더군요.

이제는 사회를 버리고 이웃을 버리고 저리 따로따로 살림들을 꾸려나가는가 싶어서지요.

생각하는바 여러 갈래겠지만 아무튼 모두들 잘 됐으면 하는 바람으로 지나가며 이 생각 저 생각 해봤습니다. 요즘은 학교도 무슨 대안학교다 뭐다 많이 생겨나고 있습니다. 정부가 해결을 못 하니 저리 하나 싶지만 잘해보겠다는 사람들에게 무슨 말을 하겠습니까?

제가 화가 수업을 받을 때 가장 두려웠던 것은 내가 보통사람이 되는 거, 평준화된 사람이 되는 거, 그런 거였습니다. 그러니 더욱 할 말이 없지요.

개인주의가 팽배하면 누가 제일 싫어할까? 아마도 통치자들이겠지요?

사람들의 마음이 딴 곳에 있으니 말입니다.

내가 살아가는 현대적인 삶이 누군가에게, 무엇인가에 휘둘리며 살아가는
것을 느낍니다.
절대로 잘 조화된 그런 삶은 아니지요.
그렇다고 도시를 떠나 한적하게 살아가는 사람들도 휘둘리며 살아가는
사람들의 섬 속이니 혼자 편할 리 있겠는지요?

혼자 발을 뺀다?
저의 동료들이 많이 그랬고 또 그리하려 하지만 쉽지는 않지요.
요즘 시대는 더군다나 마음 둘 곳이 없는 그런 시절이고 보니
두서없는 맥 빠지는 소리만 나오는군요.
맨정신으로 돌기 전에 소주나 한잔해야겠습니다.

스승님의 말씀을 떠올려 봅니다.

'무언가 하고자 하는 마음을 가진 사람은 말릴 수 없다' 고.

아무리 생각해봐도 아리송한 말이지만 오늘은 저도 내 줏대로 배만 키우고
있습니다.

모두가 다 꿈이다

아침에 문득 이런 생각이 들었습니다.

내가 태어나 살아가는 게 꿈이다, 라고 말입니다.

저도 어려운 시기 많이 겪었지만, 꿈을 꾸는 게 아니라 매일매일 꿈처럼 살아가고 있던 저를 문득 발견합니다.

옆지기가 그러네요. 지금이 가장 젊고 행복하고 돈 많은 거라고,

정주@도 죽었고 이건@도 죽을 거라고. 행복하고 아름다운 생은 지금 이 순간 만드는 거라고,

미래를 준비하지만 다 부질없는 거라고, 지금 최선 다해서 행복하지 않으면 안 된다고….

그래 고맙다~!

멋진 미래. 한 치 앞을 못 내다보는 내가 매일매일 꾸는 꿈이지만 이젠 순간순간 최선으로 현실적인 꿈도 가꾸면서 살아보겠노라고 생각합니다.

오늘 부고가 날아왔습니다.

친구가 심장마비로 죽었습니다. 정말 언제 죽을지 모르는 거지요.

꿈 잘 꾸다가 죽은 거려니 하고 위로합니다.

하루를 살아가는데 오늘 하루 엄청난 일들이 지고 나고.

우리 님들도 지금 이 순간 잠시라도 같이 소통하며 같이 행복해지십시다.

얘들아 휴가 가자!

선풍기가 고장 났습니다.

해체하는 동안 땀으로 목욕을 합니다.

흐흐. 달력을 보니 복날이었지 뭡니까.

나를 잡아 잡수~

안되겠습니다. 빨리 산으로 떠나야지.

그런데 애들 방학이 언제부터였더라?

아빠가 떠나고 싶어도 이제는 아이들 노는 때를 맞춰야 합니다.

이제부턴 아이들 클 때까지 늘 신경 써야 할 문제라고 상상하니 머리가 지끈

거리며 더 덥습니다.

에어컨 싫어하는 아빠다 보니 옆지기와 아이들도 덩달아 고생입니다.

죽어도 돈 없어서 에어컨 못 쓴다는 말은 안 합니다. ㅎㅎ

사람들은 복날 뭐할까요? 설마 그걸 드시러?

에효. 우리 집은 귀여운 반려견이 있어서 생각하는 게 죄이지요.

그냥 푹 삶은 백숙에다 뜨거운 소주 한 잔!

"얘들아! 빨랑 휴가가자!~~"

마지막 벌초

우리나라에서는 유독 사람이 죽으면 매장을 선호합니다.

비행기를 타고 가다 보면 여기저기 구멍이 숭숭 나 있어서 보기가 아주 흉하답니다.

요즘은 화장 문화를 정착시키기 위해서 노력들을 많이 합니다.

하지만 선택의 여지가 없는 서민들은 그렇다 치고 사회 지도층의 대부분과 재벌들은 그렇지 않다고 봅니다. 묏자리가 좋아야 큰 인물이 되고 사업도 잘된다? 그렇다면 서로 나누고 화합하려 하지 않는 돈 있고 권력 있는 사람들은 마다할 필요가 없겠지요.

뭐 백날 입으로 화장 문화가 어쩌네 하지만 아직도 변하지 않는 오히려 더 심해지는 가문도 있는 걸 보면 서민들이 바라보는 그들의 대단한 묏자리들은 할 말을 잊게 합니다.

요즘은 꼴불견도 보입니다.

중국에서 들여오는 문신석과 제단, 조립식 납골당. 이 좁은 땅에 값이 싸다는 이유만으로 저급 돌조각들로 묘를 치장하는 걸 보면 씁쓸하군요.

지난주 마지막 벌초를 했습니다.

저희 집안도 철저한 유교 집안이라 제사와 그리고 산에서의 행사가 끊이질 않는 집안이랍니다. 이번에 선산에 모신 조상의 시신을 화장하기로 결정하기까지는 우여곡절이 많았지만 잘 된 일이라 생각합니다. 조상도 다시 청백리로 거듭난다 생각하시어 후손들의 무례를 용서해 주실 줄 압니다.

조상님들은 작은 납골묘를 조성해서 모실 겁니다.

먼 훗날 후손들이 없어서 대부분의 묘는 임자를 잃게 될 듯합니다.

그때는 별 수 없이 유럽의 카타콤베처럼 유골들을 모아놓는 공동묘지가 생겨날 겁니다.

나중에 지키지도 못할 묘들을 살아생전에 굳이 지켜볼 요량이라면 좀 더 신중히 생각해서 모든 이들이 공감할 수 있는 선택을 하시길 바랍니다.

바캉스 떠나는 사람들

요즘이야 어쨌든 몇 해 전만 해도 파리쟝들은 바캉스를 떠날 때 강아지를 버리는 경우가 많았습니다. 애지중지하던 개가 아니라는 것이지요. 언제든 버릴 수 있다는 것은 인간이 가지고 있는 잔인함의 극치를 보는 것 같습니다. 기르던 개도 잡아먹던 우리 사회이고 보면 그리 큰소리칠 것도 못 되지만 말입니다.

프랑스는 오토캠핑장이 잘 되어 있는 편입니다.

캠핑장도 별을 달아 등급을 매기고 값도 차이가 납니다.

파리가 텅 빌 때쯤 파리를 채우는 관광객들은 잠시 파리지엔느가 되어 도시를 만끽하지만 그곳에서 살아 본 사람들은 반드시 여름의 파리를 좋다고만 말하지 않습니다.

아무리 화려한 오페라와 궁전이 있어도 사람들이 만들어 놓은 인위적인 모래성일 수밖에 없으니 말입니다.

화려한 파리는 아프리카라는 거대한 희생양이 있었기 때문에 가능했습니다. 싸움을 많이 했고 그래서 그것을 일구었다고 말하기에는 식민지 사람들의 순박한 혼이 너무 아깝습니다.

프랑스는 아프리카에 많은 식민지를 가지고 있었고 그곳에서 막대한 자원을 들여와 부를 일구어 낸 나라입니다.

아프리카뿐만 아니라 우리도 참전한 바 있는 베트남도 프랑스의 식민지였답니다. 우리나라도 먹으려고 했다가 강화도 서고에 있던 귀중한 책만 도적질해 간 나라이기도 합니다.

베트남도 아프리카 못지않게 향신료와 열대과일로 유명하지요.

프랑스 요리가 유명해 진 것은 이러한 식민국들의 자원과 무관하지 않습니다. 물론 거대한 농토를 가지고 있고 대서양과 지중해를 가지고 있어서 자체적으로도 풍부하지만 식민지 통치를 중시했던 프랑스는 핵을 키워왔고 또한 비난을 무릅쓰고 바다에서 핵실험을 하는 나라입니다. 프랑스 정부는 1945년 이래 대기, 지하 및 수중에서 약 200여 회에 걸쳐 핵무기 실험을 실시해 왔으며, 그 중 상당수가 남태평양에서 이루어졌습니다. 특히 1966년부터 1972년까지 거의 해마다 오스트레일리아 본토의 동쪽 6,000km 떨어진 무루로아 환초(Mururoa)에서 수소폭탄과 고도의 핵장치 폭발실험을 하였으며, 1973년에도 대기 중 핵실험을 계획하고 있었을 뿐 아니라 1975년 이후에도 계속해서 핵실험을 할 계획을 갖고 실행 중에 있습니다. 핵실험 부근지역은 금지구역과 위험구역으로 설정되어 선박과 항공기의 운항이 제한되어 비난을 받고 있답니다.

아무리 인권을 앞세우는 민주선진국이라 해도 이면에 도사리고 있는 제국주의의 강대한 힘을 믿고 실천하는 나라이기도 합니다.

프랑스 사람들은 바캉스를 대서양이나 아프리카, 아직도 식민지인 세인트헬렌스 섬, 그리고 베트남과 타히티 섬 등을 주로 찾고 있답니다.

요즘 우리나라도 애완견 시장이 비대해져서 지하철에서 일어난 사건도 사회의 이슈가 되는 판입니다. 애완하는 모습은 남녀노소가 따로 없으니 참으로 대단한 열성이라 할 수 있습니다. 설마 바캉스 갈 때 우리나라도 강아지를 버리고 갈까요? 누군가를 보니까 며칠 먹을 사료와 물을 떠놓고 그냥 가버리더

군요.

예전보다는 그래도 경제가 좋아졌는지 이제는 애견호텔도 성업 중이라는군요.

비단 파리뿐만 아니라 세계적인 추이라고 하네요.

결국은 거대한 중국과 동남아도 애완견이 판을 치겠지요?

이러다가 개 반, 사람 반 되는 건 아닌지 모르겠습니다.

바캉스 잘 다녀오십시오!

격류 속에서

오랜만에 긴 휴가를 다녀왔습니다.

아이가 내년에는 중학생이 되어서 시간을 많이 못 낼 것 같더군요.

19박 20일.

제가 처음 지리산을 찾아 야영할 땐 동리 주민이 휴가가 끝나도 안 올라가는 저희 식구들보고 죽으러 온 줄 알았답니다.

나중에 제가 화가란 걸 알고, 가게 간판도 써달라며 스스럼없이 친해졌지만 말입니다.

지리산만 가면 참 길게도 있다가 옵니다.

일주일 정도는 빗속에 지냈지만 지리산의 정취는 비가와도 새로운 맛을 내는 변화무쌍한 산이지요.

모래무지, 갈거니, 은어, 장어. 물고기들의 박물관인 계류에 발을 담그고 잠시나마 도회지를 잊습니다.

비가 많이 온 날 아들과 갈거니 낚시를 했는데 제법 혼인색으로 물든 갈거니가 열 댓 마리 잡혀서 튀김을 하고 매운탕을 끓이고.

어릴 때부터 야영을 해서 그런지 아이들은 노는 방법을 잘 압니다.

지리산을 중심으로 1시간 반 이내에 많은 문화유적지를 찾는 것도 장기 야영 중 빼놓을 수 없는 재미 가운데 하나랍니다.

최 참판 댁, 운조루, 청학동, 청매실 농원, 녹차밭, 남해, 여수, 보성, 송광사, 쌍계사, 불일폭포, 화엄사…. 헤아릴 수도 없이 많은 볼거리와 참게매운탕, 재첩, 은어회, 대통밥, 하동오겹살, 구례백반, 여수 한정식, 남원 추어탕….

여행하면 먹거리 또한 빼놓을 수 없지요.

서울에서 지낼 생활비 정도면 오히려 그곳이 더 싸서 오래 머물수록 좋지요.

아직도 우리 님들을 기다리는 지리산.

떠나는 자만이 누릴 수 있는 행복이지요.

도시에 다시 돌아오니 목이 아프고 머리가 아프고.

이 도회지에서 그래도 꿈꾸듯 살아가려면 많은 추억이 필요하겠죠?

유명하다는 것

에펠탑? 개선문? 센 강? 참 많지요?

세계적이라는 것은 덩달아 그곳 파리에 사는 시민을 배부르게 만들어 줍니다. 쟈크 시라크 대통령은 예전에는 아주 독특한 사람이었답니다. 지금도 말투나 행동의 오버센스를 즐기는 것을 보면 예전과 별반 달라진 건 없어 보이지만 말입니다. 그가 젊은 시절(파리시장)에는 별별 기발한 아이디어로 사람들에게 인기가 높았답니다. 그는 미테랑 대통령에 비하면 아주 부자랍니다. 소르본 대학 옆 프랑스인들의 영웅만이 안치되어있는 판테온 신전 옆 고급빌라에 사니까요. 그래서 욕심 없이 정치를 했는지도 모르겠습니다. 그가 행한 가장 엽기적인 발상은 개똥 청소하는 모터사이클의 발명이랍니다. 파리의 골목골목에 지저분하게 널려있는 개똥은 파리를 관광하는 사람들과 파리 시민의 눈살을 찌푸리게 만드는 요소였지요. 그걸 일시에 해결한 인물이 시라크 대통령이랍니다. 오토바이에 진공청소기를 달아서 마치 먼지 빨아들이듯 좌악~ 후후. 그 오토바이가 무엇인지 아는 사람들은 오토바이만 봐도 웃게 되지요.

파리는 참으로 오묘한 곳도 많은 도시랍니다. 아무리 변화를 줘도 바뀌지 않는 곳이 있습니다. 그곳이 몽마르트르 언덕 아래, 밤 문화를 즐기는 많은 관광객이 들고 나는 삐갈(pigalle)이란 곳으로 메트로(metro)역 근처 창녀들이 우글거리는 집창촌이랍니다. 원래 퐁피두(Pompidou Center) 자리나 몽파르나스(Montparnasse)역 근처도 유명한 집창촌이었는데 대통령들의 공약사업의 일환으로 정리되어 현재처럼 미술관이나 쇼핑센터로 변했지만 삐갈만은

없어지지 않고 오히려 관광객들이 들끓는 동네가 되었답니다.

보헤미안 시대의 향수를 느낄 수 있는 물랭루주(Moulin Rouge)와 몽마르트르가 곁에 있기도 하지만 그곳을 그대로 두는 프랑스사람들은 별난 구석이 있는 것만은 틀림없습니다. 불랑쉬(Blanche)라는 전철역 근처에는 동성애자들이 특히 많은데 이들은 모두 남자들을 유혹하는 여장남자들이랍니다. 파리를 여행하는 동양 사람들에게는 별난 눈요기와 관광거리를 제공하는 셈이지요.

이곳에서 가끔 우리와는 사뭇 다른 놀라운 풍경을 발견하게 되는데 그것은 바로 아이들을 이끌고 견학을 시키는 선생님들 때문입니다. 14세가 되면 성문화의 진실을 가르친다고 하지만 이런 프랑스인들을 처음에는 이해하기 어렵습니다. 사실 집창촌에는 누드쇼를 하는 곳과 이상한 물건들을 파는 곳이 대부분인데 모두 합법적으로 장사를 하는 걸로 알고 있습니다. 그곳의 단골들은 주로 파리의 노인들과 관광객이 대부분인데 특히 동양사람들은 그곳 사람들에게 '봉(bon)' 이라 불립니다. 쇼를 보며 음식을 시키면 말이 통하지 않는다는 것과 이상한 곳에 들어왔다는 이들의 수치심을 이용해서 바가지도 그런 바가지가 없을 정도로 심하고 가끔 권총으로 위협도 한답니다. 호기심에 그곳을 들러보게 되는데 요소요소에서 우리와는 사뭇 다른 서양문화의 일면을 잘 느낄 수 있는 곳입니다.

뭐든지 나쁘다고 생각해 없애기만 하면 언젠가는 다른 곳에서 다시 곪아 터지게 마련입니다. 파리의 행정은 무언가를 결심하면 그것을 실행하기까지 오랜 세월이 걸립니다. 꼼꼼히 따지는 그들의 성격 탓입니다. 오래된 문화를 현대문화와 잘 접목시켜야 한단 생각을 지닌 그들은 오랜 세월 고색창연한 파리의 문화재들과 풍습을 보아왔기 때문에 그러리라 여겨졌습니다.

얼마 전 서울 미아리에 있는 집창촌이 성매매금지법으로 문을 닫았지만 그 결과는 어떻게 될지 아무도 단정할 수 없습니다. 누가 드나들건 말건 나의 일이 아니라고 무작정 외면하다 보면 언젠가는 또 다른 골치 아픈 문제로 시민에게 피해가 돌아갈 겁니다. 이미 주택가로 밀려오는 음성문화(출장안마?)와 인터넷을 통한 성매매가 확산되고 있으니 말입니다. 미국에 에이즈환자와 동성애자들이 많은 것은 성매매금지법이 시행되었기 때문이라는 모호한 이론도 있고, 미국문화를 따라가고 있는 작금의 우리나라는 이혼을 밥 먹듯이 다반사로 하는 국가로 점점 유명해져 갑니다.

조화롭다는 것.
어느 나라를 따라갈 필요도 없는 우리만의 '조화롭다'는 것은 무엇인지, 그리고 우리가 가야 할 행복한 미래는 어떤 곳인지. 우리가 애써 외면하려고만 하는 집창촌을 통해 생각해 봤습니다.

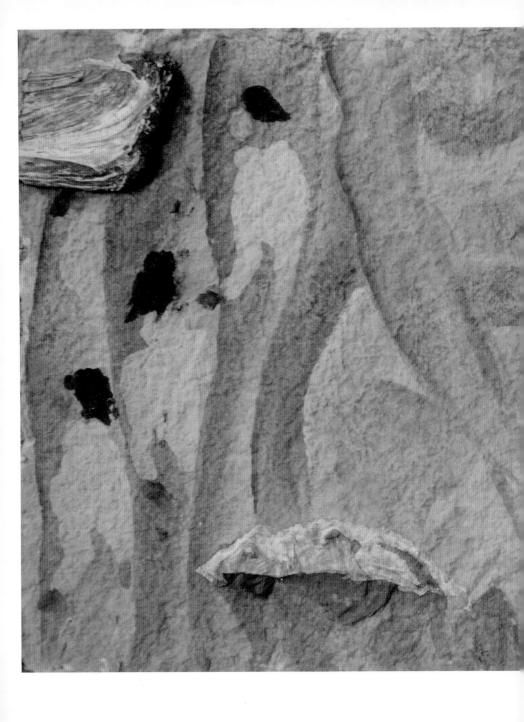

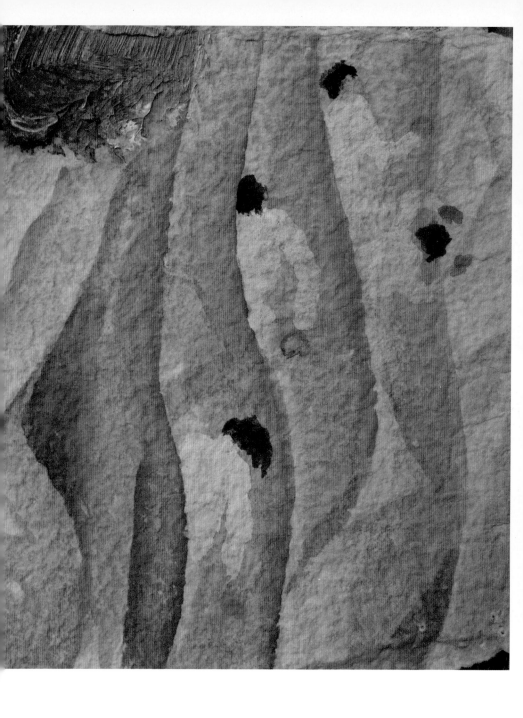

그늘에서는 잡초도 자라지 않는다

오늘은 숲 속에 들어갔습니다.

싱그런 여름 내음이 숲 안 가득 차 있었습니다.

푸르기만 한 줄 알았던 숲 속 식물들도 자세히 들여다보니 생존경쟁으로 치열한 자리다툼이 있더군요. 서로 햇빛을 차지하기 위해 넝쿨식물들은 다른 나무를 죽여가면서까지 자리를 잡는 것을 보니 대단하다 못해 얄밉기까지 하더군요. 그렇다고 넝쿨식물들을 다 없앨 수도 없겠지요?

그 중 등나무란 놈이 제일 왕성했는데, 이놈들은 도심 곳곳에 시원한 그늘도 만들어 주니 미워할 수도 없더군요.

언젠가부터 조화(調和)롭게 살아간다는 것이 참으로 어렵겠다 느꼈는데 현대생활이란 것이 사람이나 식물이나 다 그런가 봅니다.

그늘진 곳에서는 햇볕이 필요한 식물들은 살아갈 수 없습니다.

그렇다고 그늘진 곳에서 아무것도 살아갈 수 없는 것은 아닙니다.

서어식물들처럼 큰 식물을 도와주며 살아가는 식물들도 있게 마련이거든요.

경쟁하는 것들은 언젠가는 어느 한 쪽이 지게 마련입니다.

기왕 삶이나 숲이나 관리하겠단 생각이 들면 과감한 솎아내기와 나무 베기를 해야 하듯 사람들의 삶에도 많은 희생이 필요하겠지요.

나무를 보다가 별별 생각을 다 하는 것을 보니

빨리 더위가 물러가야겠습니다.

스트레스 팡팡

예전에 80년대 초, 제 친구가 백혈병을 앓았습니다. 너무 오래전이라 지금 생사를 알 수 없지만 친구들 모두가 남자도 걸리느냐고 그랬었지요. 영화에서는 늘 여자가 백혈병 걸리는 역할을 했는데 말입니다.

어린 시절에도 만사가 귀찮거나 아니면 사랑받고 싶을 때 하얀 병상을 꿈꿉니다. 다리몽둥이라도 분질러져서 누워있으면 좋겠다고 말입니다. 하지만 말입니다. 병원 한 번 가 본 사람은 다시는 들어오고 싶지 않은 곳이 병원입니다. 소독약 냄새와 약기운이 떨어지면 그 고통은 이루 말할 수가 없지요. 그래서 환자들에게는 특별히 잘 해줘야 합니다.

흔히들 아플 때 서러우면 안 되는데, 하고 말하지요.

노인들은 원래 아프지요. 중고품이 되어서 그렇겠지요. 엊그제 모친이 아프다고 혼자 몰래 병원을 다녀오셨더라고요. 같이 가면 어때서. 헌데 말입니다. 그게 끝까지 비밀로 남으면 모르겠는데 꼭 아들 귀에 들어갑니다. ㅎㅎ 귀여운 어무이. 이상하지요? ㅎㅎ

암튼, 건강이라는 것은 알게 모르게 주변과 연관이 있습니다. 혼자 잘 먹고 잘 살려고 건강 유지해봐야 뭐.

무인도에 사는 것이 아닌 이상 가족을 위해서? 아니면 일을 위해서? 웰빙 붐도 요즘은 적당히 웰빙으로 가야 할 것 같습니다. 요즘 지나친 건강의식이 마치 동종포식 하는 사마귀처럼 주변에 폐를 끼치는 건 아닌지 생각해 보는 중입니다.

엄살은 이보다 더해요. 자기 한 몸 챙기려고 좋은 거 먹고 좋은 것만 입으려하는 것은 정말 밥맛이에요.

주변에 정말 아픈 사람들 잘 해드리기 바랍니다.

물론 엄살떠는 주변 분들도 뭔가 필요한 게 있어서 그런 것이니 눈여겨봐야
지요.

스트레스 풀리시라고 확 뚫는 거 그렸는데 열심히 학생기분으로 그린 거니
잘 봐주십시오.

에휴 더워라~!

덥지요? 그림을 그려 놓고 나니 저 뒷모습 참 볼품없네요. ㅎㅎ
지금 더운 건 폭염의 전초전이라 볼 수 있겠지요.
항상 여름이 되면 의정부 어느 다리 옆에서 노천에 채소를 팔고 계시던, 돌아가셨을지도 모를 할머니 생각이 납니다.
여름은 그래도 겨울보다 낫다고. 땔감과 먹거리가 시원찮아도 겨울처럼 죽을 맛은 아니라던….
하지만 그게 이십 년 전이니 "할머니. 세상 많이 변했답니다."
요즘은 더워죽는 사람이 여름에 더 많이 생겨납니다. 홍수도 자주 나고.
유사 이래로 엄청나게 더운 여름이 우리를 기다리고 있습니다.
예전에 더위보다 추위를 걱정했는데 세상에 이런 일이 생기는군요.
작업실에서 도저히 옷 입고는 그림 못 그리겠습다.
에어컨 바람을 너무 싫어하는 저로서는 임시방편이지만
후후, 빨리 은어낚시를 떠나야겠습니다.
여름에는 물감도 녹아내려 작업하기가 영 시원찮습니다.
이럴 때는 그래! 내가 제일 싫어하는 게 머리로 그리는 그림이지만 좀 쉬자!
몸과 마음 상하면 그림이 뭔 소용이랴. 엉뚱하게 무거운 그림만 그려 내 다른 님들 마음까지도 상하실라.
내가 노는 게 곧 님이 노는 것이니.

ㅎㅎ 살 빠진 싹공. 희망사항입니다. 뭐라 마시길.

흥성 1981 현

달밤

밤길을 걸어 본 적이 있으신지요?

으스름달밤에 풀벌레 소리 들으며 갖은 공상을 다하고,

한 발 내딛는 발걸음이 조심스러운.

논길을 걸으면 시끄럽던 개구리 소리가 멈추고 다시 걷노라면 언제 그랬냐는 듯이 뒤에서 개굴개굴 다시 울었던 개구리 소리가 엊그제 같은데.

이제는 구월이 된다고 벌레들의 울음소리가 달라지고 있습니다.

계절 따라 변하는 게 그것들만은 아니겠지요.

시간은 앞을 알 수 없는 어두운 밤길 마냥 좌우 둘러볼 겨를 없이 마구 지나갑니다.

저는 야간산행을 자주 하는데, 요즘은 동네 뒷산이 휴식년제라 자제하고 있습니다.

도시에서는 좀처럼 캄캄한 밤을 맞을 수가 없더군요.

뒷산이라도 올라가 보면 도시가 뿜어내는 하얀 빛들이 하늘을 밝혀 별보기가 어렵습니다.

도시의 백야.

저는 이곳을 떠나고 싶지만 그게 쉬운 일은 아니지요. ㅎㅎ

추석 연휴에는 아이들과 한적한, 저어기 안면도 어드메쯤 가서 캄캄한 밤을 맞을 생각입니다.

작은 손전등 하나 가지고 딸이랑 아들이랑 옆지기랑 골뱅이도 줍고 조개도 줍고. 바닷가 밤하늘에 셀 수 없이 박혀 있는 보석들을 헤아리고 불놀이도 하고 가슴 충만해져서 돌아오겠습니다.

밥

무더운 여름철 어머니가 내어주시는 풋고추와 고추장, 오이지에 식은 찬밥
한 공기. 하지만 맛있게 먹어치우던 시절이 있었습니다.
어머니는 땡볕에서 고추를 따서 머리에 이고 십 리 길이 더 되는 장터에 내
다 팔아 몇 푼 안 되는 돈으로 아이들을 가르치고.
생각만 해도 가슴이 저려옵니다.
지금이 뭐 전쟁 때도 아니련만 전화 드리면 밥 잘 먹냐고 되려 물으시는
어머니.

태어나서 올여름은 가장 무더운 것 같습니다.
제가 밥을 지을 줄은 모르지만 그릴 줄은 압니다. ㅎㅎ
저는 화가(畵家)라 요리도 별다르게 합니다.
한지(韓紙)를 물에 풀어 죽을 만들고 석고 가루로 오목 볼록 만든 틀 위에
손가락으로 한지 죽을 조금씩 올려서 밥그릇을 만듭니다.
그리고 이 땅에 자생하는 아름다운 꽃들을 빚어 밥그릇에 담습니다.
후후. 가만히 오목 볼록 뒤집혀 있는 틀 위에 종이가 마르기를 기다립니다.
아내가 요리는 타이밍과 손맛이라 하더니, 내가 벌이는 짓거리도 손맛을
들이고 시간을 조절합니다.
종이가 마르기 사나흘을 기다리니 뱃가죽은 등짝에 붙어버려 보릿고개에
서 깜부기 먹은 거 마냥 마음도 바쁘고 침도 마릅니다.
은근과 끈기로 하나하나 식탁에 차리고 요놈들에게 오방색을 입히니 그럴
듯한 '꽃 밥상'이 차려졌습니다.

드십시오!

내 밥상은 누구나 다 드실 수 있는 밥상입니다.

요즘 제가 많이 하는 한지부조 작업을 설명한 거예요. ㅎㅎ

음. 모두 다 배부르다면 얼마나 좋겠습니까. 나의 배부름도 나의 줏대로 생
각해보니 고고한 배부름보다는 별별 탐욕이 더 앞섭니다.

다시 한 번 내가 차린 밥상을 가만히 들여다봅니다.

우리 모친께서 차려주시던 풋고추 밥상이 더 나은 것 같기도 하고.

"에잉!~ 입맛대로 드시길!"

그림은 어느 밥차를 보고 와서 스케치한 거예요.

밥차 신부님 고마워요. 항상~!!

여름꽃 백일홍은 아직도 피어있는데

처서가 지나고 가을비 내리니 언제 더웠냐 싶게 조석으로 날씨가 찹니다.

여름을 좋아하는 저로서는 지나고 보니 더위를 식히던 지리산이 다시 그리워집니다.

여름 내내 꽃이 피는 나무가 있습니다.

이놈은 보릿고개 때부터 피어 백일가량이나 농민들의 가슴을 아프게 하더니 엊그제 가을 들녘에 아직도 지지 않고 피어 있더군요.

배롱나무라고도 하는 백일홍이라는 놈입니다.

요즘은 보릿고개보다 더 무서운 고개가 아이들 입시고개지요.

고3부터 마음 졸이며 아들딸을 위해 기도하던 부모들, 정작 대학에 보내고 나면 논 팔고 소 팔고 남은 것이 없어 겨울을 굶는.

섬진강가에 여름내 지천으로 피어있던 그 꽃들이 꽃피는 한계선을 넘어 점점 더워지는 북쪽에서도 추위에 얼어 죽지 않고 월동을 합니다.

이제는 코스모스나 국화에게 자리를 넘겨야 하는 여름꽃.

"계절을 모르는 꽃들아! 헷갈리니 이제 그만 물러가고 제자리를 찾거라! 지구가 더워진다고 너희들이 자꾸 그러면 사람들 마음 더욱 갈피를 못 잡는단다."

더위도 물러갔고 이제는 추수를 앞두고 추석을 앞두고 있습니다.

좋은 가을 되십시오.

가을

공원 벤치

공원에 가본지 정말 오래되었습니다.

저는 초등학교 4학년까지 시골 파주에서 살았지만 그 후엔 효창공원에 붙어 있는 청파동이란 곳에 살았습니다.

방과 후엔 공원에서 살다시피 했는데 학업이 바빠지고 그 후로 공원에는 싸움이나 하러? ㅎㅎ

암튼 집주변에 있는 공원에 잠시 들러봤습니다.

봄에 벚꽃으로 하얗게 둘러싸여 있던 공원은 이제 붉고 노오란 단풍들로 가득 차 있더군요.

봄이나 가을이나 그 자리에서 보여줄 게 있는 나무들이 너무 고맙더군요.

요 며칠째 창고 정리하느라 온몸이 쑤시고.

잠시 벤치에 앉아봅니다.

여유롭다는 거. 그거 참으로 좋아 보입니다.

친구 말로는 북한산 뒤쪽 송추 쪽은 붉은 물결이 시작되어 보기 좋다던데 전시작업 준비하느라 그 좋아하는 산행도 못하고 있습니다.

우리 님들도 바쁘신가요?

몸과 마음을 소진하는 방법도 여러 가지지만 항시 즐거운 일만 할 순 없겠지요?

포장마차 안주

포장마차에 갔습니다.

후후. 따뜻한 오뎅 국물과 안주 한두 개.

조금 가격이 올랐지만 굳건한 서민 안주가 풍성한 포장마차는 세월 따라 형태도 많이 변해갑니다.

십여 년 전 인사동 근처의 포장마차들은 달리 갈 곳 없던 사람들로 인산인해를 이루었는데, 요즘은 찻집에 술집에 온갖 음식점들이 많아져서 포차 안은 썰렁하지만 그래도 예전의 그 정취만은 살아있더군요.

총각 때는 혹시라도 아름다운 분이 포장을 걷고 들어오시면 설레고 그랬던 적도 있지만. ㅎㅎ

요즘은 여성분이 들어오실 라시면 옆지기가 시간이 너무 늦어서 데리러 오는 줄 알고 깜짝 놀라니 이거야 원.

날이 차가워지고 있습니다. 가까운 이웃끼리 포차 한번 가보세요. 은행구이라도 구워 소주 한 잔에 은행 하나. 아니면 꽁치에, 꼼장어에, 뼈있는 닭발, 일본식 야끼도리, 그리고 일어서기 전에 우동 한 그릇.

그 많은 것을 어찌 다 시켜 먹겠어요. ㅎㅎ 옆 좌석에 낯모르는 사람 것도 조금씩 빼앗아 먹기도 하고 내 것 드리기도 하고.

암튼 총각들은 연애를, 유부남 유부녀들은 낭만을 만끽해 보세요. 엉뚱한 데가서 바가지 쓰지 마시고.

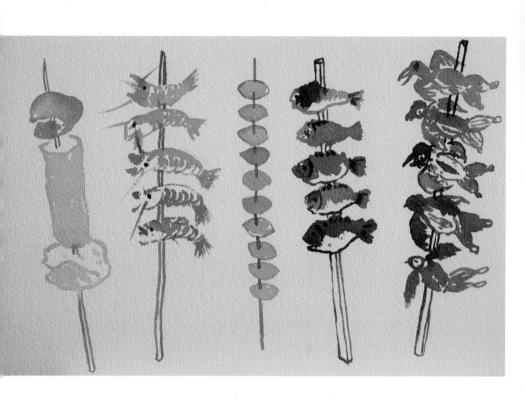

와인 열풍

요즘 우리나라엔 와인 열풍이 불고 있습니다.

프랑스에서 만든 햇포도주 때문에.

우리나라와 일본은 '보졸레 누보' 라는 그 포도주를 거의 싹쓸이하다시피 들여옵니다.

이 정도면 가히 와인에 미쳤다 해도 과언이 아닙니다.

한때 일본 관광객의 프랑스제 명품 사재기가 나라 망신의 대명사였지만 이제는 우리나라가 그 뒤를 답습하고 있습니다.

올해 우리나라 농사는 최악입니다.

태풍의 피해 때문인데 사람들은 그걸 금방 까먹고 벌써 흥청망청하는 분위기입니다. 그 해에 추수한 곡식으로 담근 술이 우리나라에도 있긴 하지만 와인 열풍에 밀려 혹은 너무 흔해서? 소중하게 생각하지 않는 것 같아요.

와인.

나도 와인에 대해서는 일반인보다 조금, 아주 조금은 더 많이 아는 편입니다.

프랑스에서 거의 십여 년을 살았기 때문이지요.

와인 맛에 익숙해지려면 한 삼 년 정도 여러 와인을 섭렵해보고, 그래도 아리송하지만.

뭐 그렇다 해도 술은 술입니다. 많이 마시면 알코올 중독이 되기 십상인 술이 포도주입니다.

암튼, 이번에 50만 병이나 들여온다는 보졸레 누보라는 술은 프랑스에선 1만 원 미만(4000원 정도) 대의 평범한 와인입니다.

근데 그게 비행기를 타고 와서 우리나라에서 오만 원에 팔립니다.

프랑스 추수 잔칫상에 오를 술을 우리가 더 크게 떠벌이며 그쪽 농민들을 도와주는 격이 되어버렸습니다.

음. 뻥튀기는 업자들도 문제지만 귀가 얇은 와인 애호가들도 문제입니다.

정 그 나라의 문화를 엿보고 싶어 와인 맛을 보시겠다면 프랑스 어학원이나 문화원에서 개최하는 시음회장에서 무료로 시음할 수도 있습니다.

암튼 내가 하고 싶은 말은 줏대 없이 놀지 말자는 것입니다.

외국에서도 우리나라에서 만든 햇소주나 햇약주. 흙냄새 누룩냄새 나는 우리 술을 먹을 날을 기대하면서.

이상 싹공 공익광고였습니다. ㅎㅎ

배부르고 등 따숩고

배부르고 등 따숩고, 게다가 맘 편하고 건강하면 얼마나 좋겠습니까.

귀천에 상관없이 빈부에 상관없이 행복이란 놈은 꼭 있다고 봅니다.

추워질 것을 예고라도 하듯 가을비가 내리고 있습니다.

강원도에는 눈이 온 곳도 있다지요?

강원도 전방에는 벌써 뻬치카(군대용 화로)나 보일러가 가동되겠지요.

겨울이 되면 화로 당번을 서로 하려고 했던 기억이 납니다.

저는 조개탄을 때는 효창동 청파초등학교에 다녔답니다.

그만큼 추억의 책가방 속에는 많은 사연이 담겨 있지요.

당번은 도시락이 타지 않게 위아래를 뒤집어 주고. 공부는 뒷전이었죠 뭐.

김이 모락모락 나는 점심 도시락. 요즘은 학교 급식으로 사라져 버렸지만 말입니다.

요즘도 연탄 때시는 분들 많이 계시더군요. 저도 이태 전에는 일부러 연탄을 땠습니다. 아침에 화실로 들어서면 따뜻한 온기가 느껴져서 좋았거든요.

그리고 난로에다 고구마며 은행알, 군밤, 빈대떡, 라면, 양미리 구워먹는 맛이 일품이거든요. ㅎㅎ

연탄 오백 장이면 겨울을 나는데 그걸 쌓아 놓을 데가 없어서 출입구에 비닐을 깔고.

연탄재요? 연탄재는 쓰레기 처리장에서는 보약과 같은 존재이므로 무상으로 치워갑니다.

연탄 가는 거, 그게 문제인데, 뭐 삼 단짜리 난로는 그런대로 밤에 해결됩니다만,

가정용 보일러는 밤에 누군가가 꼭 갈아줘야만 하지요.

어머니들이 거의 담당하시지만 아빠들도 많이 도와 드리지요? (자신 없는 말투 ㅎㅎ)

연탄이며 쌀이며 장만하신 아버님, 걱정이 없어 보이십니다.

음, 하지만 어머니께서는 등 따숩고 배부르고 맘 편하고 건강하고. 그리고 원하시는 것이 또 있는 모양입니다.

그래요. 항상 자식 걱정.

출세란 게 뭔지. 자식들 출세하라고 평생 죽어라 고생만 하고.

가을비 오는 날, 조용히 성공에 대해 가늠해봅니다.

배금주의에 찌들어가는 현대인들에게 조용히 묻습니다.

성공이 무엇인가요?

일하기 좋은 날씨

요즘 날씨가 참 좋지요?

밖에서 일하기 딱 좋은 날씨입니다.

며칠 전에 방짜유기를 만드는 특집프로그램을 보았습니다.

사람들은 참 이상하죠?

그 좋다는 방짜유기그릇을 닦기 귀찮다는 이유로 외면하니 말입니다.

일제강점기 때 일본 애들이 놋그릇을 공출해서 뭘 했는지 모르겠지만

그때 그놈들이 그릇을 그대로 두었다면 아마도 우리의 밥상문화나 정신문화

는 어느 민족보다 더 뚜렷하게 성장했을 겁니다.

온 가족이 둘러앉아 잘 만들어진 그릇에 밥을 먹는다는 거.

밥상머리. 별거 아닌 것 같지만 예의범절을 중시하던 민족이라 단합을 잘했

을 것입니다.

우리나라가 정쟁의 소용돌이 때문에 경제성장이 안 된다고 합니다.

미국이나 유럽은 벌써 회복되고 있다는데.

밥그릇 싸움하지 맙시다.

동네 창피해서 원. 같은 민족끼리… 쩝@#!#!!!!!

험난한 관계

흔히 부부를 무촌이라 합니다.

그만큼 멀다는 건지 아니면 스스럼없다는 건지 아리송하지요. ㅎㅎ

암튼 역사상으로나 지금으로나 부부는 보통관계는 아닙니다.

사람이란 꼭 피를 나누어야 가까운 것은 아니죠.

죽마고우, 평생지기, 동고동락. 갑자기 떠오르는 말들이 많지는 않군요.

좋은 관계로 평생을 같이 한다는 것이 얼마나 어려운지,

결혼한 사람들은 아마도 알 겁니다.

불편한 관계. 불평하고 끊임없이 변한다면 험난한 관계라고 할 수 있겠지요.

하지만. 부부나 자식이나 연결된 것은 마음뿐입니다.

둘을 이어주는 끈은 눈 씻고 찾아보기 힘들어요.

마음. 잘만 이끌면 가족뿐만 아니라 이웃도 더 큰 굵은 줄을 가진

동반자이지요.

그거 힘든 거 잘 압니다.

누군가를 질책할 수 있는 사람이 있는 것도 좋은 거니 너그러이 봐주시길.

오늘은 토요일입니다.

가족이 기다리고 있는 집으로 빨랑 가십시다. ㅎㅎ

외나무다리

어제는 장가간 처남의 집들이에 갔습니다.
결혼을 했으니 잘 살기를 바랍니다.
결혼.
후후. 외나무다리에서 마주친 두 사람.
싸우면 원수가 되어 외나무다리 위에 서 있을 것이고.
둘이 화합하면 흔들흔들 재미있을 겁니다.

일엽편주에 내 마음 싣고

어제는 바람이 몹시 불더군요.

이제는 거리에 가만히 서 있으면 한기가 느껴집니다.

집으로 돌아오는 길은 익지도 않은 낙엽들이 뒹굴어 골목을 스산하게 하고.

낙엽을 그려봅니다.

선배 제형들이 느끼던 그런 낭만적인 낙엽을 생각했는데.

후후. 오늘 그린 그림은 제가 지렁이 밥 위에 앉아있는 것 같습니다.

낙엽들은 그래도 나름대로 쓰임새가 있습니다.

놈들은 지렁이 밥이 되겠지요? 시키지 않아도 자양분이 되기를 자처하는 놈들.

낙엽. 자양분. 희생….

네? 토룡탕이요? 지렁이도 정말 먹나요?

암튼, 우리나라 사람들, 별걸 다 드시는군요.

얼마 전엔 채식만 한다는 친구를 만났는데 제가 육식을 좋아한다니까

측은하게 바라봅디다. 후후. 뭐 채소는 박테리아가 바글바글 별걸 다 먹고 자

라는데 말입니다.

지렁이 분비물을 먹고 자란 채소들. 그쵸?

암튼, 골고루 먹는 게 제일 좋지 않겠습니까? 징그러운 몬도가네만 빼고요.

요즘 시대가 어려워서인가??

꼬리에 꼬리를 물고 생각에 생각을.

별생각 다 합니다.

초연한 삶을 사는 사람들. 그립습니다. 어디에 계시나요?

암튼 아는 게 병이고 생각하는 게 병입니다.

겨울로 가는 길목에서

이제 가을 만추도 끝물입니다.

어제의 단풍이 작은 바람에도 힘없이 떨어져 내립니다.

산길 가득 낙엽들이 쌓여만 갑니다.

이 길에 서리가 내리고 또 눈이 내리는 겨울이 오겠지요.

가을 단풍 대신 눈꽃이 찬란한 겨울이 오겠지요.

짙푸른 이파리들이 있을 때는 몰랐는데 바위들이 이젠 크게만 보입니다.

음. 항상 그 자리에 있을 것만 같은 것들이 변화에 변화를 거듭하고.

사람도 그러하겠지요?

항상 곁에 있을 것만 같던 사람들도 변화를 거듭해 언젠간 떠나가고.

암튼, 오늘 하루 만나는 소중한 사람들 잘해주고 싶은 날입니다.

맨드라미

화단에서 맨드라미가 씨앗을 틔우고 기세 좋게 꽃을 피워내고 있습니다.
유년시절 누이가 맨드라미를 유난히 좋아해서 이름을 아직도 잊지 못하는
꽃이랍니다.
여름 수해로 상처 입은 숲이지만 그래도 가을 한 자락 잡아 볼 욕심으로 산
에 올라봅니다.
차가운 공기가 나무 아래로 내려오는 아침이라 약수터 물빛도 한결 맑아
보입니다.
북한산의 나무들도 하나 둘 가을준비를 하고 있군요.
작년에 있던 그 자리에 상수리나무가 도토리를 잔뜩 달고 있는데
누군가 나무 허리를 내리친 상처가 아직도 보기 흉하군요.
올해는 도토리 줍는다고 상수리나무들 때리지 마시기 바랍니다.
푸드득 거리는 소리를 급히 따라가니 산비둘기 한 쌍이 소나무 가지 사이
로 숨바꼭질을 하고 있군요.
산비둘기도 깃털이 한층 잿빛으로 변해 있네요.
이놈들은 이미 새끼를 다 키운 것일까?

여름내 사연들이 많던 숲 속이 조용히 가을로 가고 있습니다.
울긋불긋한 가을이 올해는 무슨 사연을 만들어낼까.

인사동 포장마차

수요일은 인사동이 북적거리는 날입니다.

보통 인사동은 수요일 날 화랑들이 동시에 전시회를 오픈하기 때문입니다.

골목마다 저녁때면 와자지껄 박장대소 집집마다 빈자리가 없을 만큼 호황이랍니다. 오픈행사에 한 번이라도 참가해 본이라면 약간은 의외라는 느낌을 받게 됩니다.

화가들과 화랑들은 무슨 돈이 저리 많아서 오는 손님들 저녁에 술대접까지.

음. 화가들은 돈이 없을 뿐 아니라 더구나 정말 어리숙하지요.

누군가 꽃을 보내려다 경기가 어려우니 음식값이라도 하라고 봉투에 적은 돈이나마 건네려고 하면 얼굴이 빨개지며 쥐구멍이라도 찾기 일쑤지요.

삼 사 년 만에 어렵게 돈을 마련해서 갖는 전시회.

보러 온 것만으로도 감사해 하는 화가들이거든요.

물론 불협화음이 없는 건 아니지만 아직은 많은 예술가가 순수성을 잃지 않으려고 고군분투하고 있지요. 우리나라처럼 문화행정이 우스꽝스러운 나라도 별로 없지만 다 타고난 팔자이지요.

그런다고 예술 못하는 것도 아니니까요.

어제 저도 인사동에 나갔었습니다.

자주 나가는 편은 아니지만 가을이 성큼 오는 것 같아 기분 전환 겸 나갔는데 사람들이 정말 많더군요.

휴~, 저렇게 인사동에 사람들이 많은데 왜 문화예술계는 어려운 걸까.

뭔가 톱니바퀴가 잘못 물려 돌아가는 것은 분명한데.

돌아오는 길, 도로를 점령해 버린 포장마차들을 보니 예전에 비해 그 숫자가 엄청나게 많아졌더군요.

사실 포장마차의 안주 값은 어찌 보면 더 비싼데도 포장마차마다 사람들이 가득합니다.

소주 한 병에 오징어 한 마리는 옛이야기인가 봅니다.

그래도 그 분위기만큼은 정말 보기 좋더군요.

음. 저 자리에 철퍼덕 주저앉아 술이 고주망태가 되어 머리 필름도 끊겨보고 싶었는데 혼자서는 술 생각이 없어 돌아와 버리고 말았습니다.

분주한 사람들

어제 저녁 노을이 참 아름답더군요.
저는 아직 반팔을 입고 있습니다.
시내도 아직 낮에는 덥군요.
하지만 곧 추워지겠지요?
시내에 나가보니 사람들 참 분주합니다. 저 많은 사람이 나와 함께 서울에 있
었구나 하는 생각으로 어질어질.
특히 먹고 노는 곳보다 일하는 상가들이 있는 청계천 변은 그 삶이 더 분주해
보입니다. 묵묵히 매일매일 살아가는 사람들.

그림은 청계천 공구상 모습이에요.
우리 세금으로 벌이는 일이니 물이 흐르는 청계천이 서울과 잘 어울리기를
바랍니다.
봄과 가을은 짧습니다.
이 짧은 가을, 무언가 홀린 듯이 지낼 수 있기를 기대해 봅니다.
우리 님들, 추석 연휴 잘 쉬시고 또 열심히 일합시다.

가을 시냇가

저는 우리 농가에서 새마을 운동이 시작되기 이전, 일산 근처 동패리에 살았답니다.

지금부터 30년 전? 그곳에는 전깃불도 없었답니다.

어른들 얘기로는 땅 한 평에 5원(산)이었다고 하니까.

수달이 있었던 시절이니 아름답기로 따지면 지금의 지리산 근방의 마을과 비슷.

가을 즈음, 추수를 위해 물을 빼는 논에는 털게들이 서로 땅을 파고 숨던가 아니면 시내를 따라 강으로 내려가던 시절이었답니다.

시냇물 한 귀퉁이만 남기고 싸릿대로 울타리를 치고 한 자나 될 듯한 그곳에 백자 깨진 것을 깔아 놓으면, 달빛에 그곳을 지나는 털게가 검게 비칠 때 그것을 주워담기만 해도 꽤 많은 참게를 잡았던 것을 기억합니다.

대 여섯 시만 되면 여기저기 초가집에 삐죽이 나온 굴뚝 위로 이집 저집 저녁밥 짓는 연기가 피어오르는 장관을 볼 수도 있었답니다.

컹컹 짖어대는 강아지들 소리와 함께 장날을 마치고 돌아오시던 어머니들이 고갯마루를 넘는 모습이 보이면 아이들이 달려 나가고….

음. 생각만 해도 감성이 물씬 풍기는 그런 동네였지요.

심악산에 오르면 개성 송악과 인천 앞바다가 보이는 시계가 맑은 가을 풍경이 살아있었답니다.

가을.

고향의 가을 풍경은 아스라이 내 기억 저편으로 잊혀만 가는데 추석은 어김없이 다가와 있곤 합니다.
우여곡절 많은 시절이지만 가을, 모든 이들이 행복할 수 있기를 기원하는 것
도 마음의 여유에서 오는 것.

우리 님들도 감성 잃지 마시고 가을 잘 시작하시길 바랄 뿐입니다.

산에

산을 좋아하시는 분들은 시시각각 변하는 산의 아름다움을 자주 말합니다.
인위적으로 꾸미지 않은 아름다움 때문에 더욱 마음이 끌린다고 합니다.
얼마 전 중국의 한 성형미인을 신문에서 보았는데
변신한 그녀의 모습은 정말 너무 달라져서 못 알아보겠더군요. ㅎㅎ

산.
오늘 산의 모습은 초겨울의 스산함이 묻어있는 쓸쓸한 산책로.
하지만 가만히 귀 기울이면 작게 조잘거리는 새소리가 들립니다.
가을낙엽을 뒤척이는 다람쥐 소리도 들리고.
사람들 마음 들여다보기 어렵지만. 너무 섣불리 판단하는 것도 어렵지만.
단점보다 장점을 보려 한다면 더 많은 아름다움을 찾지 않을까 싶습니다.
그래도 이 시대에 이 땅에서 같이 살아간다는 소중함을 일깨우는 산행이었
습니다.

바다로 나가고픈 남자

바다. 어제오늘 왜 이리 눈에 아른거리는지.
충청도 아랫녘에 있는 신두리 사구에 가보고 싶습니다.
왕가위 감독이 나를 헷갈리게 만들어 놓은 영화 〈2046〉 때문인가 봅니다.
얼핏 시간 때우는 동안 어느 잡지에서 본 바닷가가 영화 상영 내내 눈에 아른거리더니 급기야는 병이 되어 버렸네요. 이번 주 무지하게 바쁜데, 수업도 있고. 에라이! 휘리릭~

바다가 막혀있는데 더 갈 수도 없는데 그곳까지 가보고 싶습니다.
건너가서 돌고 돌다 보면 제자리일지라도 그곳에 가봐야겠습니다.
언젠가 제가 갔었던 흔적을 찾게 되면 그때야 그만두렵니다.
"아, 내가 이곳은 지나간 곳이었구나."
반가울까 허탈할까 잘 모르겠지만.

다음 주부터는 제 서버가 생깁니다. 이제 메일링이 가능할 것 같습니다.
그러면 안 되는데 할부로 긁어버렸네요. 아, 어찌할꼬, 이 노릇을(할배처럼 장탄식~) 암튼 나의 불행은 여러분의 행복?ㅎㅎ
가을이 물러가기 전에 가을 색을 많이 남겨야 하는데.
모쪼록 해피한 저녁 되시길….

현대문명 속에 산다는 것

또 아침이 밝았습니다.
새벽은 다시 찾아드는데 벽에 걸린 졸작도 그대로인데.
시간은 흘러서 마음과 몸은 늙어가고….

이 이야기는 고려 시대 문인 야은 선생의 시에 나오는 이야기랍니다.
육백 년이 훨씬 지난 지금에도 사람들에게 변한 거라곤
그저 눈에 보이는 그저 그러한 것들뿐.
신문방송에 귀가 예민한 현대인들은 오늘도 촉각을 세우고 삽니다.
하지만 예나 지금이나 잊지 말아야 할 것은 역시,
멀리서 자기 자신을 돌아봐야 하지 않나 싶습니다.

물질문명이 아무리 발전해도 삶은 몸을 쓰는 삶이 좋습니다.

가을 단풍

이번 주에 기온이 내려간다지요?

우리나라를 뜨겁게 달구던 여름이 이제 물러가나 봅니다.

설악산에는 벌써 시작되었다지요.

엊그제 추석 귀향길. 끔찍하더군요.

길바닥에서 꼬박 왕복 12시간 버렸습니다.

아직 홍엽(紅葉)이 보이진 않지만 들판은 온통 황금빛이더군요.

들판에 뿌려지는 가을 햇볕은 참으로 평온한 마음을 일게 하더군요.

가을 단풍이 만산에 일렁이면. 가을 타는 사람들 가슴도 타들어 가겠지요?

이맘때쯤 자태를 드러내는 호박이며 잘 익은 수수, 콩, 깨, 해바라기.

그리고 멋진 자태를 뽐내는 참게, 미꾸라지, 황복어, 전어.

머릿속이 온통 먹거리로 가득 채워지는군요.

탐식하지 말라고 했는데. 어디 그게 쉬운가요.

더 이상 경제 체감온도까지 내려가지는 말았으면 하고 이 그림을 그렸습니다.

가을이 지나면 사람들은 옷으로 꽁꽁 몸을 감싸지만 나무들은 옷을 털어버
리고 자랑스레 뼈대를 뽐냅니다. 지난봄 여름 살찌운 뼈대를 말입니다. 돌이
켜 보면 열심히 살아가는 모습들은 나무들도 멋진 것 같습니다.

일도 운동도 사랑도 열심히 하시고 가을 잘 맞이하시길.

가을 들판에 서서

추수가 끝난 자리에도 살아 숨 쉬는 것들이 참 많더군요.
이삭을 쪼아 먹는 새들
겨울을 준비하는 벌레들
이제는 내 땅이다 싶어 파란 싹을 올리는 풀들.
화가인지라 인상파 화가들의 그림도 생각나고.
고흐, 밀레, 세잔느….
인상파 화가들이 빛을 찾아 화실 밖으로 나간 건 정말 잘한 것 같습니다.
그전까지만 해도 화가들은 우중충한 화실에서 캔버스와 씨름을 했는데 인상
파 화가들이 들에 나가 쏟아지는 밝은 빛을 그렸을 땐 얼마나 기분이 달랐을
까 가늠해봅니다.
제가 고등학교 때만 해도 이젤과 물감 통을 짊어지고 산으로 들로 바다로 쏘
다니곤 했는데, 다 그 선배들 덕분이지요. ㅎㅎ

우리 농민들이 쌀 문제로 고통이 심하더군요.
앞으로는 더 그렇겠지요. 값싼 쌀들이 마구 쏟아져 들어오겠지요.
주식은 우리 쌀을 먹는다 해도 과자 등 가공식품들은, 글쎄요. 우리 쌀을 쓸
까 싶습니다.
한 끼 배불리 먹기가 참으로 어려운 농민들.
부디 혹세하지 말고 농심을 잘 다스려 소외감 느끼지 않게 만들어 주십사 바
랄 뿐이지요.
그리고 값싼 외국 농산물로 장난치시는 분들. 경고하는데 벼락 맞기 전에

정신 차리시길!

이 땅에서 나는 가장 중요한 것 중 하나는 쌀이고 그다음 그걸 지켜나가는 자
존심은 몇천 년을 이어온 소중한 거라고 생각합니다.
우리 농민들 화이팅!

밍크 입은 밤의 여자

요즘 '성매매금지법'으로 인한 사회풍토가 많이 바뀌고 있죠?
조금은 회의적이지만 말입니다.
한강 변에 우후죽순처럼 생겨나던 러브호텔들은 요즘 초비상이라고 합니다.
무슨 접대문화가 판사의 옷도 벗길 지경이 되었는지.
뭐 신문이나 방송에서 이런 소리 나올 때면 속으론 제기랄 소리가 절로 나오네요.
전 국토에 러브호텔들은 수도 없이 많습니다.
모든 사람이 그렇게 휩쓸리는 건 아니지만 그렇게 많은 것을 보면 노는 모습들도 참으로 여러 가지입니다.
날씨가 추워지니 사람들이 옷을 조금은 두껍게 입는 모습입니다.
그리고 결혼시즌이라 주머닛돈이 아쉽군요.

우리나라 사람들 혼수품 중에 부의 잣대로 모피코트를 넣는 모양입니다.
프랑스사람들은 정작 그것을 유행시켜놓았지만 지식인들은 잘 안 입는 편이지요. 그 이유가 정확하진 않지만 흔히 농담으로 볼로뉴 숲 속의 창녀들에 비유하기 때문이랍니다.
제가 미술학교에 다닐 때 선배들이 누드 크로키를 제대로 하려면 볼로뉴에 가보라는 농을 자주 하곤 했습니다. 그러면 결국은 가보게 되지요. ㅎㅎ
파리 서쪽에 있는 볼로뉴 숲은 파리시민이 아주 좋아하는 숲이지만 밤이 되면 묘한 앙상블과 뉘앙스가…. 뭐 불란서 말들로 표현해도 아슬아슬합니다.
그 길을 지나는 차량은 주로 눈요깃거리로 그 길을 다니지만 정작 그곳에서 영업(?) 하는 분들은 어느 순간에 자기 모습을 보여야 할지 심히 고민 될 겁니다.

헤드라이트 불빛에 나무 뒤에서 모습을 드러내는 창녀들은 주로 모피코트를 걸쳤답니다. 하나같이 모두가 모피코트를 두르고 있어서 한눈에 몸을 파는 여자임을 알 수 있어요. 어떤 사람은 반쯤 모피로 몸을 가린 채 보여주고, 어떤 이는 몽땅 보여주고, 그녀들 마음대로입니다.

프랑스는 예로부터 창녀촌에 대해서 아주 민감한 나라지만 슬기롭게 극복하고 있는 나라이기도 합니다.
그중에서도 퐁피두센터는 지금은 전 세계인들에게 사랑받는 문화센터지만 예전에 그 자리는 밤의 여자들로 득실대는 유명한 집창촌이었답니다.

얘기하다 보면 너무 길어질 것 같아 줄이겠습니다.
암튼, 파리에선 볼로뉴 숲과 대통령궁과 밀접한 곳에 있는 마들렌느 사원 근처에서 남자들을 유혹하는 여자들이 모피를 많이 입습니다.
프랑스 배우들이 우리나라를 멍멍이 먹는 나라라고 욕하지만 참 웃기지도 않는 나라예요. 자기네들은 오랫동안 모피를 즐기다가 누가 뭐라 하니까 동물 애호가 어쩌고저쩌고. 파리 사람들은 오래전부터 밍크코트 안 입기 운동을 벌이는 걸로 알고 있는데 아마 그걸 우리나라에 수출하는 모양이지요?(아니길 바라지만, 언젠가 파리 옥션에서 중고품 모피들을 국내업체들이 사들이는 것을 목격해서 하는 얘기입니다. 사실 모피는 농장에서 기른 동물들의 털을 이용하는 걸로 알고 있습니다. 우리나라만 그런답니다.)

뭐 제 견해가 다 옳은 것은 아니지만 조금은 다시 생각해 보십시다. 눈에 보이는 부의 척도들만 생각하면 많은 이들과 언제 공감대를 형성하고 재밌게 살 수 있을까요.

노인네들 따뜻하게 해 드리려는 가상한 마음은 알겠는데, 우리나라에서 호랑이가 사라진 이유도 곰곰이 생각해 보시면서 너무 심하게 권하진 맙시다.

연탄 때는 사람들

우리 동네에 유명한 포장마차가 있습니다.

그 집이 유명한 것은 생선이나 고기를 연탄 화덕에 굽기 때문인데 그 맛이 일품이라 사람들이 항상 북적입니다.

연탄난로가 사라져가는 추세이지만 아직도 가난한 나라에서는 석탄이 아주 유용한 땔감임에 틀림없죠. 우리가 언제부터 잘 살았다고.

연탄과 궁합이 맞는 것은 정말 많습니다. 양미리, 군밤, 오징어, 빈대떡, 삼겹살에 소주….

조금은 다른 얘기지만 으뜸은 동치미국물입니다.

한겨울 아침 뉴스에 어김없이 등장하던 가스 사고. 연탄가스에 중독되면 이웃들은 우선 동치미국물을 먹였습니다. 아니면 김칫국물. 왜 그랬는지는 의사가 아니라 확실히 알 수 없지만 효험이 있었다고 합니다.

요즘 연탄이 인기랍니다. 없어서 못 팔 지경이라더군요. 섬에서도 필요해서 그 먼 제주도까지 연탄을 매일 3,000장씩 보낸다고 합니다.

청량리에서 망우리를 넘어가다 보면 예전엔 검은 산이 하나 있었는데 그곳이 연탄공장이었습니다. 지금은 도시에서 밀려 나갔겠지만 암튼 거대한 검은 산을 지날 때마다 따뜻한 아랫목이 그리워지곤 했었는데….

저도 3년 전에 일부러 화실에서 연탄을 땐 적이 있답니다.

요즘은 300원이지만 그때는 한 장에 180원이었는데 2층까지 배달해주면서 한 장에 20원을 더 받았어요. 5층이면 100원을 더. ㅎㅎ

한겨울도 500장 정도면 났으니까 정말 엄청나게 연료비가 절약되더군요.

더군다나 연탄재는 쓰레기매립장에 보약이라고 무상으로 치워갔답니다.

석탄.

런던 하늘이 시커먼 스모그로 뒤덮였던 시절이 있다고 합니다.

예전 우리 서울도 만만치는 않았지만 말입니다.

윈스턴 처칠이 끊임없이 피워대는 시가도 만만찮아 한 몫을 더했다는 우스 갯소리도 있답니다.

지금, 옛날처럼 모두 석탄을 땐다면 지구가 한방에 망가지겠지만 어려운 시 절이다 보니 별생각이 다 드는군요.

요즘 우리나라가 외국에 내다 팔 것이 별로 없어 자동차나 반도체, IT 기술로 승부를 한다고 하지만 이 모든 것은 사람보다 기계가 하는 일이고 보면 사람 들은 할 일이 더 없어질 텐데….

그러나 사람의 손길이 필요한 부가가치 산업은 반드시 있을 거라 생각합니다.

잠시 연탄에 구운 맛있는 생선을 떠올려 보다가 생각해 보는 중입니다.

우리 님들. 날씨가 어제부터 갑자기 추워지기 시작했습니다.

어김없이 대학입시 시험이 시작되면 같이 오는 추위.

좋은 생각들 많이 하시면서 따듯하게 지내시길.

치즈 세 덩어리

정말 가을인가 봐요.

햇살이 무척 아름답습니다.

아랫녘에 너무 비가 많이 와서 안타깝네요.

수재민들 힘내시기 바랍니다.

코엑스 행사를 잘 끝냈습니다.

그림 몇 점 냈는데도 저는 전시 내내 긴장이 되더군요.

이제야 인사드리고 있습니다.

저 뱃살 엄청 빠졌어요. ㅎ

비결은 그냥 뛰는 거지요.

근데 숲에 들어가면 뭐 그리도 볼 게 많은지.

졸참나무 갈참나무 떡갈나무 상수리나무 신갈나무. 후후.

나무 이파리로 구분하는데 하루만 지나면 또 까먹지요. 그냥 도토리나무라
고 하면 될 것을.

위의 나무들은 모두 도토리나무에요.

가끔 산에서 도토리를 채취하시는 분들은 조심해야겠어요.

산림법도 그렇지만 산짐승들 먹을 건 그냥 두시는 게….

요즘 고놈들 익어가는 모습이 정말 환상입니다.

부지런히 도토리를 모을 다람쥐며 청솔모, 또 북한산엔 무슨 짐승이 있을까
요? 오소리? 멧돼지? 암튼

무서운 놈은 멧돼지네요. 도토리를 주워오면 그놈은 민가로 내려오겠지요.

무서버!

내년 구정 전에 제 라벨와인이 나옵니다.
이태리 와인인데 거기에다 라벨그림은 제 것을 넣는 거지요.
제 친구들은 아마 그럴 겁니다
놈. 소원 풀었다고….
저는 재단이 진로소주인 고등학교를 다녔습니다.
소주병에 두꺼비를 제가 그리겠다고 난리 친 적이 있었거든요.
그때 우리학교에서 술도 마시는 학생들이 물론 있었지요.
우스개로 진로 먹으면 정학 금복주 마시면 퇴학이었다는. ㅎㅎ

오랜만에 맛은 깊이 모르지만
와인 한 잔에 곰삭은 치즈가 생각나는 날입니다.
행복하시길.

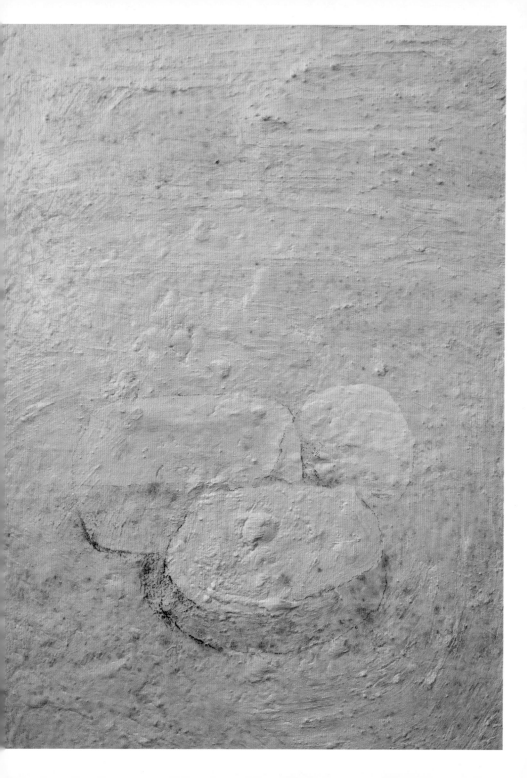

몽마르트르 언덕

청계천에 다시 맑은 물이 흐르기 시작했습니다.

이제는 파리를 가로지르는 센 강 못지않게 시민의 사랑을 받으리라 봅니다.

도심을 가로지르는 청계천. 악취가 나던 도심에 산뜻하게 단장된 시민의 휴식터가 하나 늘어나서 기쁘네요.

이곳에 많은 미술품이 설치되고 공연도 많이 하게 된다고 합니다.

요즘 마로니에 공원에 가면 초상화를 그려주는 거리의 화가들을 만나게 되는데 이곳 청계천 산책로에서도 시의 허가를 받은 화가들이 시민을 상대로 초상화나 풍물그림을 그리게 될 전망입니다. 거리의 화가 원조는 역시 몽마르트르 언덕의 화가들이지요.

수많은 관광객을 상대로 그들은 하루하루를 살아갑니다.

예술이라는 압박감에서 벗어난 화가들은 오로지 먹고 살기 위해 그곳을 필사적으로 사수합니다.

나름대로 규칙이 있습니다. 그들의 자리는 빼앗을 수 없고 아무나 그곳에서 그림을 그릴 수도 없습니다. 수입도 괜찮아서 외국에서 유학을 온 학생들이 그곳에 주저앉은 경우도 있습니다.

초상화는 빨리 그리기 위해 연필이나 파스텔(아교가 섞이지 않은 분필 같은 것)이나 목탄(버드나무를 숯처럼 구운 것)을 사용합니다. 보통 5만 원 정도는 줘야 정성껏 그린 초상화를 얻을 수 있고 값이 싸면 캐리커처(약간은 우스운 모양으로 이미지만 그리는)를 그려주는데 그들의 기량이야 두말할 필요가 없습니다. 순수예술이 어떻다는 것을 떠나서 그 행위들은 아주 재미있어서 구경하는 사람들이 더 많습니다. 고풍스런 몽마르트르 언덕에는 파리를 한눈에 내려다볼 수 있는 성당이 있는데 그곳은 일명 성심성당이라 불리는 "샤끄레꾀르" 성당이 있습니다. 프랑스 사람들이 성금을 모아서 세웠다는 아주 거대한 성당인데 그 주변은 무명화가들뿐만이 아니라 거리의 악사들이 진을 치고 있는 곳이기도 합니다. 이렇듯 파리는 일반인들이 어렵게 생각하는 퐁피두 미술관이나 인상파 미술관의 현대미술과 무명화가들이 판을 벌이고 있는 '몽마르트르' 같은 곳이 같이 어우러져 거대한 문화촌을 이루고 있습니다. 재주를 빌어 생을 이어가는 사람들이 어찌 화가들 뿐이겠냐마는 예로부터 시장에서 그림을 그리는 사람들을 천하게 여겨왔지만 사실 그들만큼 자유분방하고 생활과 밀접한 문화를 이끌어가는 사람들도 드뭅니다. 더구나 요즘과 같이 이데올로기나 철학이 부재한 상황에서는 뚜렷한 무엇이 더 앞선다는 것이 구분이 안 될 만큼 사람들의 영역은 넓어져 가고 있습니다.

몽마르트르 주변은 아주 복잡해서 길이 미로처럼 얽혀 있는데 밤에는 여성들에게 약간 위험할 수 있는 우범지대이기도 합니다. 한때는 마약과 창녀촌으로 유명했지만 지금은 많이 정화되어 관광객들이 항상 들끓습니다. 파리로 사람들이 꼬이는 이유는 간단합니다. 주변에 국가들이 많고 교통이 아주 편리하다는 것 외에 상주하는 외국인들이 많아서 식도락 또한 다양하고 아프리카나 아랍국가에서 들어오는 다양한 문물로 인해 농산물이든 공산물이든 항상 풍부합니다. 흔히 파리하면 고급품만 있을 거라는 생각은 오산이며 중국인 마을이나 아랍 마을 기타 러시아나 동유럽 국가 사람들이 모여 사는 동리에는 저가품들도 많습니다. 전혀 낯선 말 때문에 관광객이 어리둥절할 때도 있지만 하루 이틀 지내고 보면 그 걱정은 기우에 지나지 않습니다.

관광을 할 때 거의 말이 필요 없을 만큼 잘 되어 있고 지도나 관광책자들이 다양하며 곳곳에 정보를 얻을 수 있는 곳이 많기 때문입니다.

청계천을 관광명소로 만들기에는 여러 가지 조건이 안 좋습니다. 특히 외국인이 우리나라에 들어오는 경로는 마치 섬에 들어오는 것과 똑같지만 머지 않아 통일이 되어 중국이나 러시아를 통해서 육로로도 서울에 외국인이 들어온다면 상황은 달라질 것입니다. 아시아의 중심국가가 된다는 포부를 가지고 우리나라 사람들은 노력하지만 발전이라는 것은 신과 구(新舊)가 잘 조화되고 또한 고와 저(高低)가 있어야 재미있고 사람들도 천차만별이듯 즐기는 것도 천차만별이어야 합니다. 나는 화가라 미술에 관심이 많아 문화예술 또한 다양하게 서울에서 전개되고 새로 만드는 청계천에서도 그것이 조화롭게 이루어지길 바랍니다.
이상 싹공 공익광고였습니다. ㅎㅎ

아름다운 서울

아이들이랑 한강에 나가 자전거를 탔습니다.

어린 시절 샛강이라 불리던 한강 하류는 아름다운 곳이었답니다.

지금은 월드컵경기장이 들어서고 또 냄새나던 난지도는 억새가 빼곡히 들어선 하늘공원이 되었지만, 쓰레기를 태우느라 항상 연기가 피어오르는, 척박한 삶을 살아가는 난지도 주민들, 자유로를 달리노라면 그곳에서 쓰레기 태우던 냄새가 나던 그런 곳이었습니다.

그랬던 그곳이 정말 눈부시게 달라져 있더군요.

쓰레기 매립했던 곳은 어느새 각종 잡목이 우거지고 한강 변은 멋진 자전거도로와 야영장 모터보트장 등 편의 시설이 들어서 있더군요.

햐! 이런 걸 보면 정말 사람의 더러워진 마음도 잘 가꾸면 사랑받겠구나 싶습니다. 마음속의 상처야 천천히 치유되겠지만 우선은 같이 어울릴 수 있다는 게 얼마나 큰 변화겠습니까. 아무것도 안 하고 손 놓고 연 끊는다고 모든 게 끝난 줄 알지만 이곳에서 자전거를 타보니 지저분했던 곳도 이럴진대 모든 게 끝난 건 아닐 성 싶더군요.

가을. 한강하구에 새로 만든 가양대교를 붉게 물들이는 석양을 보면서
"이야!~ 서울에 이렇게 멋진 곳이 있었네!" 하고 감탄을 하게 됩니다.
언제 한번 자전거 타러 가 보시길.

에펠과 미라보 다리

청계천에 광교가 복원되었습니다.

수많은 사연이 있는 다리겠지요.

광교를 보면서 파리 센 강 하류에 있는 미라보 다리를 생각해 보았습니다.

'미라보(pont Mirabeau) 아래 센 강은 흐르고 우리의 사랑도 흘러내린다.'

아폴리네르(Guillaume Apollinaire)는 '미라보 다리'라는 시를 통해 이별의 슬픔을 센 강에 던져보려 했지만 더 진한 고통을 느껴야만 했습니다.

그는 애인 마리 로랑생(Marie Laurencin 1883~1956화가)을 잃었으나 지금은 만인의 연인이 되었고 세인들로 하여금 다시 미라보를 찾게 만들었습니다.

코 맹맹한 사투리가 심한 파리쟝(Parisien,남)이나 파리지엔느(Parisienne,여) 들은 참으로 묘한 뉘앙스를 간직한 채 센 강과 함께 살아갑니다.

파리는 며칠만 머물러도 지나치게 감성이 풍부해지는 묘한 곳입니다. 산업 박람회가 개최되었을 때 강가에 세워진 에펠탑에서 몸을 던지는 사람들이 많아 급기야는 탑에 자살방지를 위한 그물을 설치했을 정도입니다.

지금도 미라보나 퐁뇌프(Pont Neuf-아홉 번째 다리)에서 변심한 애인을 그리 며 혹은 너무도 행복한 나머지 자살하는 이들이 줄을 잇고 있습니다.

맑은 날이 그리 많지 않은 파리는 희뿌연 하늘이 강에 그대로 투영되어 조금 은 탁해 보이기도 하는데 기쁨보다는 슬픔이 느껴집니다.

지나치게 사치를 즐겼던 마리 앙투아네트(루이 16세의 왕비)가 공적이 되어 갇혔던 시떼(lle de Cite) 옥탑이 보이는 '아드르와뜨' (센 강의 오른쪽에 있는 방죽)에서 일광욕을 즐기는 사람들은 그곳이 수많은 죄수가 갇혔던, 그리고 중세기 어느 여름 센 강이 넘쳐 모두 익사했던 지하 감옥 위라는 사실은 전혀

개의치 않을 만큼 강심장을 지닌 듯합니다.

마리 앙투아네트는 시떼섬(lle de Cite) 옥탑에 갇힌 지 하룻밤 사이에 머리가 하얗게 세어버렸다고 합니다.

옥탑에 갇혔다가 단두대의 이슬로 사라진 한 나라의 왕비나, 강변에 올망졸 망 모여 살던 걸인들이나, 범법행위로 지하 감옥에 수감되었던 죄수들, 그리 고 다리 위에서 강물을 보다가 몸을 던졌던 모든 사람의 사연이 센 강을 탁하 게 만들었을지라도 강은 또 다른 사연들을 잉태하며 지금도 유유히 흐르고 있습니다.

사람들이 다시 한 번 센 강을 소중하게 생각하게 된 동기는 엉뚱하게도 물고 기 때문이었습니다.

80년대 말 강 상류에서 몰래 버린 독극물로 허옇게 배를 드러낸 물고기떼, 그 것도 엄청난 크기와 엄청난 양의 물고기들이 그 탁한 센 강에 살고 있었다는 사실을 눈으로 직접 보고 나서야 자성의 목소리를 내기 시작했습니다.

'센 강에는 과거의 역사와 감성만 배어있는 게 아니라, 아직도 많은 목숨이 이 강에 의지하며 살아가는구나.' 하고 느끼게 된 것입니다.

몇 해 전 그 센 강 하류에 이응노 스승님의 한옥이 지어졌습니다.

보쉬세느(Vaux sur seine) 퐁뜨와즈(Route de Pontoise)언덕, 센 강이 잘 보 이는 언덕에 지어진 한옥은 대목수 신영훈님이 한국에서 지어 그대로 다시 조립한 집이었습니다.

우리나라 사람들과 관련된 무언가가 있다는 사실에 또 하나의 노스탈지아에 빠져들 만한 명소가 될 것입니다.

친구 찾아가는 길

모처럼 벼르고 별러서 논산에 계신 홍 신부님을 뵈러 다녀왔습니다.
가는 길 내내 붉게 물드는 산을 보니 가을이 깊었음을 실감합니다.
감나무에 감들이 주렁주렁 열려있는 농장에서 흑염소고기에 매실주 한 잔?
암튼 저는 홍 신부님이 좋아요.

터벅터벅 흙냄새 폴폴 거리는 신작로를 걷던 생각도 나더군요.
갑자기 소리 지르는 꿩, 억새가 흐드러진 야산.
모두가 잊고 살았던 나의 추억들이 새록새록 살아나고
곧 겨울이 닥치겠지만 소중한 나의 주변이 어디 가을에만 있겠는지요.
다가오는 겨울, 발이 꽁꽁 얼더라도 친구를 부지런히 찾아다니렵니다.

"친구야, 기다려라. 소주 댓 병 검은 봉다리에 사들고 다시 터벅터벅 찾아갈
테니 옛날 두보시인처럼 없는 살림 다 알고 있으니 부추나 밀가루에 부쳐놓
으시게.
뭐 그것도 없으면 김장 만들려고 심어놓은 푸성귀라도 뜯어 놓으시게.
그것도 없다고, ㅎㅎ. 그럼 낙엽 타는 냄새로 안주함세.
안주는 이미 친구 찾으면서. 가면서. 다 먹은 걸세 ㅎㅎ"

후후. 돈 없는 오지랖 내 친구들. 귀찮으니 니들이 와라
숯불에 수박향 나는 여름 은어 구워 줄게. ㅎㅎ

2006. 10. 9.

같이 먹어요

연휴

살만 키우신 분들! 부럽습니다.

저는 연휴 첫날부터 알레르기인가 뭔가가 급습을 해서.

어디서 그랬을까? 음식? 아님 산소에서 풀 만져서? 농주?

암튼 명절에 잔뜩 취해 지내려고 했는데.

그나저나 지금 밖에 나가보니 집집마다 내놓은 쓰레기가

거의 산을 이루고 있더이다. 이래도 되는 건지.

벌레들도 관심이 많은 듯 주변에 많이 모여 있네요.

이슬만 먹고 살진 않겠지요?

되풀이되는 명절. 그리고 대부분은 흥청망청.

出乎爾者反乎爾(출호이자반호이)

몇 개 외우는 거 없는 한자성어지만

제가 평생 가슴에 안고 사는 글귀입니다.

"너에게서 나온 것은 반드시 너에게로 돌아간다."

또 되뇌게 되네요.

그 자리에

낙엽은 어디에 있어도 당당함을 잃지 않는군요.
아침, 노천가 쓰레기통에 담겨 있지만,
머지않아 흙 속에서 오색을 잃어 가겠지만,
저놈들은 기꺼이 지렁이 밥을 자청합니다.
후후 저놈들. 마음 놓고 떨어질 수 있는 당당함이 좋아 보입니다.
나도, 우리 님도 자기 자리로 잘 가고 있는 걸까?

가을이 지나가네

좀처럼 보여주려 하지 않던 산의 뼈대가 보입니다.

겨울이 되면 산은 옷을 벗지만 사람들은 두꺼운 파카를 입고 산을 오릅니다.

겨울이 되면 식물들은 덜 먹고 어떤 식물들은 잠만 잡니다.

동물들도 활동량이 줄어들고 겨울잠에 빠져듭니다.

자연은 사람들과 많이 다릅니다.

사람들도 자연에 순응하며 살아가는 사람들도 있을 텐데.

현명하다는 것이 뭔지 너나 나나 모두 공부하기 바쁘고.

가을이 지나갑니다.

초겨울 싸라기눈도 내리고

머지않아 칼바람 소리 나는 한파가 오겠지요.

따뜻한 마음으로 이웃들을 녹여주는 겨울이었으면 좋겠습니다.

겨울

당신의 아이가 예술에 재능을 보인다면

"나는 너무 어두운 곳에 살고 있어서 앞도 못 보는 눈을 가졌고 굳이 멀리까지 갈 필요도 없고 많이 먹을 필요도 없답니다."

무슨 얘긴가 하시겠지만, 심해를 다룬 다큐멘터리를 보면서 내가 잠시 심해에 사는 동물이 되어보는 중이랍니다. 태양을 향해 솟구칠수록 점점 파랑이 일고 눈이 부시어 나는 죽고 말지도 모릅니다?

아폴론(밝음의⋯.)을 찾아가는 디오니소스(어둠의⋯.)라고 할까⋯. 아무튼, 나는 이미 뭍에 나와 있으니 고통을 감수해야 하는 것은 틀림없을 것 같습니다.

친구들이 저에게 자주 자문을 구합니다. 자기 아이가 그림을 잘 그리는데 어떻게 가르쳐야 할지 모르겠다고 말입니다.

그래서 저는 어제오늘 '모르는 것은 물어가고 아는 것도 자문해서 간다.'

닐 보어의 상보성 원리와 연관해서 생각해 보는 중이랍니다.

호롱불 밑에서 공부하던 소년이 이제는 나이 들어 디지털 문화의 빠른 속도에 놀라 잠시 주춤하는 중이지요.

요즘 중장년층은 아마도 페티시, 야동, 야사, 화상채팅⋯. 이런 말을 들으면 무슨 말인지 못 알아들으시는 분이 대부분일 겁니다. 문맹 퇴치를 위해 힘쓰던 교육이 이제는 현대적 사용도구를 몰라 무용지물이 되고 중장년층은 소외계층으로 자꾸만 밀리고 있지요.

모두가 문화를 향유하고 이해하고 비판할 수 있도록 해주기 위해서 '정책'은 특정계층을 겨냥하면 절대로 안 됩니다.

잠시 인기에 편승해서 취한 정책들은 오래가지 못할 겁니다. 오랜 시간 그림

을 그려오며 느껴온 것 중 하나. 나에게 이루어졌던 대부분의 문화인식 교육
과 예술교육이 너무 혼란스러워서 이리저리 휘둘리며 성장했기 때문에 스스
로 가닥을 잡기가 아주 힘들었다는 것입니다. 지금은 저도 아이 둘을 키우고
있습니다. 아이가 문학예술에 특별한 재능을 보이지만 적당한 문화자료센터
하나 변변치 못한 우리나라에서 아이를 가르칠 자신이, 솔직히 없습니다. 저
는 일찍이 운 좋게도 화랑의 도움으로 예술교육 시스템이 잘 갖춰졌다는 프
랑스에서 교육을 받을 수 있었지만 남의 옷을 계속 껴입는 것 같아서 그곳에
서의 예술 활동을 접고 10여 년 만에 귀국했답니다.

우리 아이가 아무리 예술적 재능을 보여도 이미 예술입문의 권리와 자양분
이 없는, 문화를 약화시킬 대로 약화시킨 나라에서 배운다는 것은 오히려 기
형적인 배움이 되지 않을까 우려하고 있답니다.

그래도 프랑스에서는 예술교육을 일반교사에게 떠넘기지 않고 전문가와의
공조가 그런대로 잘 이루어지지만 우리나라의 조기 예술교육은 그야말로 교
사 혼자 북 치고 장구 치는 격이라 아쉽습니다. 더군다나 요즘은 문화와 예
술의 상호관계가 아주 밀접합니다. 뿐만 아니라 문화와 예술, 과학기술이 모
두 맞물려 돌아가는 시대이기 때문에 문화인식에 대한 조기교육의 필요성이
더욱더 극명해 보이지만 균형감 있는 문화 조기교육은 요원해 보이기만 합
니다. 아무리 좋은 문화 예술이라도 전달매체가 없으면 무용지물입니다. 특
히 예술교육은 개인의 미적 감각을 자극해 인성을 더욱 자유롭게 발휘할 수

있도록 도와주는 교육입니다. 이는 예술인을 위한 교육이 아닙니다. 일반인들도 똑같이 교육을 받아 문화를 향유할 수 있도록 해야 합니다. 그래서 아이가 어른이 되어도 보고 자란 문화가 그대로 인식되어 문화가 향상되는 것입니다. 우리나라는 얼핏 보면 조기교육을 하고 있는 듯한 인상을 주지만 중고등 대학을 거치며 저절로 소멸되어 성인들의 예술에 대한 무식함이란 혀를 내두를 정도지요.

내가 모든 것을 골고루 알고 있다 해도 영화도 찍고 그림도 그리고 연주도 제대로 할 수는 없습니다. 그렇게 하려면 전문적으로 이론과 실천교육을 조기에 시켜주어야 합니다.

"어느 한 곳으로 몰지 마라!"

요즘 영화와 춤바람이 거세게 일어 그 분야의 관계자들은 좋겠습니다만 다른 분야와 공조가 잘되는지 묻고 싶습니다. 대부분의 다른 분야, 특히 음악 미술 등…. 대중들의 호응을 얻지 못한 채 전문가들만 득실대며 표류하고 있습니다. 대중들이 호응하고 알아야 골고루 성장할 수 있기 때문에 모든 국민에게 문화예술 인식에 대한 조기교육은 반드시 필요합니다. 그리고 이미 소외된 계층인 중장년층을 위해서 지속적인 문화예술 자료센터 건립을 서둘러야 하며 공연장, 미술관, 도서관 등 문화향유를 위한 저변시설의 고급화 정책은 절실하다고 봅니다.

예술은 평준화시킬 수 없습니다.

몇 해 전 철학자 이브미쇼가 제게 이런 말을 했습니다.

"미학이 없던 시절에도 사람들은 그림을 그렸고 공감대가 서로 같은 사람들끼리끼리 모여 잘 살아왔다."

미학은 어디서든 변하고 새롭게 비평되며 예술가들이 하는 짓을 결국은 막을 수 없고 예술은 계속 변화해 새로운 세계를 찾아갑니다.

문화의식은 꾸준히 인내심을 갖고 숙성하기 나름이라, 자칫 표류하면 소수 엘리트라고 하는 사람들의 전유물이 되기 쉽고 스스로 대중을 돌보지 않는 자아도취의 함정에 빠져 우리 모두가 희망하는 문화 선진국은 이룰 수 없습니다.

그러나 문화예술의 최종목표는 각 나라의 문화가 아무리 대단하다 하여도 결국 인간 본연의 자세로 돌아가 순수해야 하며 인류가 서로 공존하여 행복한 미래를 만드는 것임에는 두말할 필요가 없답니다.

보고 싶지 않은 풍경

올해도 어김없이 이상기온이 시작되는군요.

예년보다 따뜻한 겨울입니다. 남쪽에서는 개나리가 꽃망울을 내민다죠?

언제부턴가 별로 보고 싶지 않은 풍경들입니다.

어린 시절 저는 파주에 살았는데 논이 천수답(물을 저장해서 농사를 짓는)이라 겨울이면 꽁꽁 얼어 썰매를 탔습니다. 눈이 많이 오면 마당에 눈으로 에스키모 눈 집을 만들어 놓았지요.

날이 따뜻하면 집집마다 고드름이 주렁주렁. 음. 이제는 이런 풍경은 찾아보기 힘들군요.

지금처럼 인터넷이나 전등이 없어 긴긴 밤 아이들은 형들을 따라 밤에 처마 밑 참새집을 뒤지고 땅굴 속에 묻어 두었던 무나 고구마를 꺼내 먹는 것이 낙이었습니다.

며칠 뒤면 설날이 오는군요. 부모님께서 설빔을 장만하던 모습이 선합니다. 스웨터며 귀마개 장갑 내복…. 뭐 그런 거지만 너무 아끼느라 머리맡에 두고 자던 생각이 나는군요.

이 멋진 설빔도 곧 다가올 대보름에 여기저기 태워 먹지만 말입니다. ㅎㅎ

이 모든 것이 사라지는 것은 바로 속도 때문입니다.

빠르게 가는 속도. 비행기, 자동차. 인터넷.

사람들은 아무튼 바쁩니다. 하루에 몇 가지 일을 해야 살 수 있는.

올해. 가만히 빌어봅니다.

더디 가게 해주십사!

눈 내리는 신년

겨울에 눈이 없으면 썰렁하죠.

모처럼 눈이 내립니다.

오후 내내 내리던 눈이 여섯 시가 넘어서야 그쳤습니다.

갑자기 매서운 겨울바람이 불더니 길이 꽁꽁 얼어버렸습니다.

여기저기서 자동차 헛바퀴 도는 소리가 들립니다.

자동차가 없으면 안 되는 도시인들은 걱정이 태산입니다.

아침길이 걱정 되어서지요.

지금쯤 태백산간 어드메쯤 눈 내리는 풍경을 떠올려 봅니다.

눈이 많이 오는 산속에서는 '겨울에 내리는 눈쯤이야 그러려니' 하게 마련이
겠지요?

산에 사는 사람들은 오히려 산짐승을 걱정한다 합니다.

눈에 가려 먹을 것을 찾지 못하는 짐승들을 걱정하는 넉넉한 마음.

세상이 아무리 변해도 눈 하나 까딱하지 않고 살아가는 사람들이 그립습니다.

언제부턴가 도시에서의 눈이란 그저 내릴 때 잠깐의 낭만 뒤엔 귀찮은 존재
로 인식되어 버렸습니다.

바쁜 도시인들.

너무 바빠서 자기 집 앞 눈도 못 치우는 도시인들.

암튼 새벽에 총총걸음 하시는 분들, 운전하시는 분들 조심하시길….

겨울 숲으로 가는 사람

이틀 동안 눈이 내렸습니다.

올겨울은 따뜻하고 눈도 별로 내리지 않을 거라던 생각이 여지없이 무너지는 순간입니다. 제 작업실이 언덕에 있어서 차들이 어렵게 오르내리고 있습니다. 다음 주는 우리 민족이 중요시하는 설날이 들어있군요.

조선 시대가 끝나고 신교가 들어오고 자리 잡고….

사람들의 종교가 다를지는 몰라도 대부분 가정에서는 제사를 지내고들 있지요. 사람들이 지금, 이 시대의 풍속이 알맞고 올바르다는 생각들을 깊게 할까요? 그렇지는 않은 것 같습니다.

엊그제 들은 얘긴데 올해부터는 자녀가 셋이 되면 셋째부터는 보조금이 나온다 하는군요. 약 20만 원? 아무튼 프랑스에서나 있던 법들이 우리나라에서도 생겨나고 있군요.

프랑스에서는 자녀에게 주는 보조금(알로까숑)이 서민들에게 큰 역할을 하고 있답니다. 이 모든 것이 비정상적인 가정생활에서 오는 것이랍니다. 이제 사람들은 결혼도 안 하려 하고 이혼도 하고. 결혼을 해도 자녀는 갖지 않고.

음. 눈 오는 날, 일요일. 숲으로 산행을 가는 사람들을 많이 보고 있습니다.

제 작업실이 등산로 입구에 있어서 많은 사람이 등산복 차림으로 다니는군요. 요즘은 주로 건강을 위해서 산에 오르는 사람들이 많답니다.

지금 느끼는 생각이지만 이런 생각과 행동들도 결국 개인주의적인 생각이 강하다고 봐야겠지요.

과연, 건강한 삶이란? 몸과 마음이 튼튼한 삶.

우리 님들 설날 잘 보내시길.

훌륭한 사람이 되어주길

교육.

아이가 자라면서 받는 교육은 그 아이의 일생을 좌우합니다.

아이들에게 흔히 묻는 말은 '너 이다음에 크면 어떤 사람이 될 거니?' 란 말일 겁니다. 흔히 대답하는 말이 대통령, 과학자, 의사, 법관, 소방관, 예술가 등이지요. 아이들 생각에 그 직업을 가진 사람들은 훌륭한 사람들이라 여기기 때문입니다.

지금, 이 시대를 이끌어간다고 생각하는 어른들은 아이들의 기대를 저버리면 안 됩니다. 요즘 아이들에게 물어보면 대통령 되겠다고 말하는 아이들 별로 없습니다. 훌륭한 대통령, 이 시대를 빛내는 대통령이 되어 주십시오.

훌륭한 의사, 법관, 정치인이 되어주십시오

그래서 아이들에게 다시 좋은 이미지를 심어주십시오.

인연을 떼어내기가 쉽나요?

연말입니다.

너무나 분주해 쉴 수가 없었는데 오늘 모처럼 늘어지게 잠자고 일어나 그림일기를 씁니다. 올 한 해 일부러 한 달에 서너 개만 그림일기를 올렸습니다.

결과적으론 제가 조금 게을러지는 것 같더군요.

조금 좋은 점은, 밀도 있는 작업은 가능한 것 같았고요.

우리 님들 연말 잘 보내시고 계신지요?

오늘 인연을 생각하면서 그림 한 장 수채화로 그려봅니다.

세상에서 가장 어려운 것이 있다면.

역시 기억을 지우는 일이겠지요.

자기에게 좋은 것만 주워 담기가 쉽겠습니까마는 그래도 내 기억의 데이터베이스는 아름다운 추억들만 남기고 싹~공(이번엔 없어질) 정리하고 싶습니다.

원래 싹공이란 아호는, 뜻은 다르지만 원래 쓰시던 분이 계셨습니다. 대동상고 미술을 가르치시던 화가분이셨는데 이미 작고하셨지요. 그분은 싹 없어져 영으로 돌아간다는 의미로 아호를 쓰고 계셨는데 대동상고 동문과 친분이 있었던 저는 홍제동 개미마을 밑에 친구들과 화실을 내고 군대 가기 전까지 거기에 얹혀살던 인연이 있습니다. 나중에 뜻을 바꿔 제가 달을 좋아하는 관계로 차고 이지러지는 달처럼 살겠다고 "초하루 朔자와 보름달 ○자를 붙여" 싹공 제 아호로 쓰고 있습니다.

어차피 기왕 세상사와 인연이 맺어졌다면 최선을 다할 뿐.

우리 님들, 연말 잘 보내시고 내년에는 더 높은 곳까지 한 번 날아봅시다.

정월 대보름 고향은

이번 주에 대보름이 들어 있군요.

정월은 언제나 빨리 지나가는 것 같습니다.

2월이 시작되고 아이들은 서둘러 숙제를 챙기고 부모님도 주머니를 뒤적입니다. 저는 시골에서 학교를 다닌 터라 요맘때쯤이면 부모님에게 하루에도 수십 번씩 혼이 나곤 했습니다.

불장난 하다가 새로 사주신 설빔에 구멍 내기가 일쑤였고, 논두렁마다 무너지지 말라고 박아 놓은 소나무 토목들에 불장난하다 주인에게 쫓겨 다니고, 남의 집 처마 밑을 들추며 참새를 잡다가 지난해 잘 올려놓은 이엉(짚으로 만든 지붕)을 망치고, 연 만든다고 비닐 온상(비닐하우스) 지지대를 분질러 연살을 만들고, 멀쩡한 우산을 망가뜨려 새총 만들고, 잘 자란 소나무를 도끼로 잘라 팽이 만들고, 뭐. 생각해보면 혼날 일이 수도 없이 많았습니다.

그래도 저에게 가장 인상에 남았던 겨울 풍경은 토끼굴 찾아다니는 거였죠.

고 귀여운 놈 얼굴 한 번 보려고. ㅎㅎ

제가 살던 동네는 임진강 하구 한강과 만나는 곳이었습니다.

지금은 통일전망대가 있어서 세인들이 자주 찾지만 제가 초등학교 다니던 시절에는 전기도 없었습니다.

북쪽이 가깝다고 모두들 무서워해서 발전이 안 된 그런 동네였어요.

그 덕분에 자연은 살아 있었지요.

한여름에는 수달이 개여울을 타고 동네 한가운데 논바닥에서 첨벙거릴

정도였으니까요. 지금은 아니지만 그때 우리 동네의 겨울은 두 가지가 많았습니다.

눈과 삐라.

삐라? 이북에서 커다란 풍선에 담아서 남쪽으로 날려 터뜨리면 온 동네가 삐라로 덮였으니까요. 까만 안경 쓴 누구는 물러나라! 미제 앞잡이 누구 물러가라! 뭐 그런 내용이었지요.

하지만 지금은.

개발에 밀려 고향은 사라질 위기에 처해 있답니다.

올해 안으로 선산도 옮겨야 한답니다.

논바닥 위에는 콘크리트 아파트들이 볼썽 사납게 들어서고.

휴~ 이제 사람들은 북쪽을 무서워하기는커녕 오히려 코 밑에서 삼겹살을 구워먹으며 놀지요.

하긴 뭐 저도 나이 먹어보니 국세청과 정부의 무관심이 더 무섭지만 말입니다.

그래요. 이제는 사람들의 마음이 단단해진 거겠죠. 세파에 시달려.

대보름을 앞두고 잠시 옛 생각을 해봤습니다.

잘 살아본다는 것.

이리도 생각나고 생각해 볼 것이 많습니다.

모쪼록 사람들의 마음속에 균형감 있는 삶이 싹트기를 기원해 봅니다.

휴식년제 필요 없다

북한산.

외국사람들은 서울에 오면 우선 산을 보고 놀란답니다. 거대한 산이 서울을
감싸고 있기 때문이랍니다. 북한산, 남산, 아차산, 인왕산, 안산, 관악산.

특히 북한산의 생김새는 시시각각으로 변하기 때문에 아름답습니다.

그러나 지금 산은 몸살을 앓고 있답니다. 모두 사람들 때문이랍니다.

수많은 등산객과 도심에서 쏟아져 나오는 매연.

저도 그 등산객 중 한 사람입니다. 안타까운 마음이 앞서고 미안해집니다.

어떻게 하면 산을 건강하게 만들 수 있을까?

산행을 하면서 내내 생각하게 되는 문제랍니다.

요즘 곳곳에 휴식년제가 시행되고 있습니다.

처음에는 저도 그 방법이 옳다고 생각했지만 전문가들의 의견은 전혀 도움
이 되지 않는다고 합니다. 북한산에 나 있던 소롯길들이 복원되지 않고 비만
오면 수로 역할을 해서 더 패여 나간다고 하는군요.

해결방법은 보토라고 합니다. 흙을 그 위에 덮고 식물들을 다시 심고.

원래 북한산에 북악터널이 뚫리기 전, 세검정에서 정릉을 넘어 다니던 고갯
마루 이름이 보토현이었답니다.

당시 궁에서는 산을 훼손하지 않기 위해(물론 풍수의 영향으로 그 고갯마루
를 용의 목이라 생각) 관리를 파견해 그곳을 지키고 가끔 그 길을 흙으로 다
시 복원했다고 합니다.

한번 망가진 산은 치유하기가 정말 어렵습니다.

산은 그렇다손 치더라도 이미 멸종한 동식물들은 다시 살려낼 수가 없지요.

글쎄요. 다른 곳에서 다시 북한산으로 옮겨온다? 주말입니다. 많은 사람이 산에 오릅니다.

좋은 것을 보면 사람들은 좋은 생각을 할 거란 생각이 듭니다.

다시 주변의 산들이 건강해지길 바라고 있습니다.

여럿이 같이 생각해보고 문제가 있으면 고쳐나가야겠지요.

부디 좋은 주말 보내시길.

교묘한 죄의식 세탁소

잠깐 청문회 하는 것을 보았습니다.

주된 내용은 '얼마를 어떻게…' 그런 내용이지요.

부패가 만연한 사회에서는 죄의식에 관한 한 정치인만큼 무딘 사람들도 없습니다.

아이가 구멍가게에서 머리핀을 하나 훔쳐서, 아니면 배고픈 자가 빵을 하나 훔쳐도 실형을 받고 감옥에 가게 됩니다.

신체가 작은 방에 갇혀 마음대로 돌아다닐 수가 없습니다.

이 법을 만든 사람들은 그렇게 해야 죗값을 치르게 된다고 믿습니다.

이러한 법이 만들어진 것은 아마도 오래전일 겁니다.

그러나 언제부턴가 자존심도 없는 정치인들에게는 이 법이 오히려 교묘한 죄의식 세탁(마치 돈세탁하듯)의 방법으로 사용되고 있지요.

한 세월 거들먹거리고 마음껏 챙긴 다음 감옥에, 그것도 고급감옥에 잠깐 다녀오면 죄가 사해진다고 믿기 때문입니다.

지난 정권의 수많은 정치인과 그의 수족들이 청문회를 치렀지만 이미 세인들의 머리에선 아득하게 지워져 가고 있습니다.

청문회 몇 년 뒤, 그들은 다시 고급주택과 하인들, 그리고 마음껏 사업을 벌이고 또다시 군림하고 있습니다.

아마 이런 사실을 국민 대부분은 알고 계십니다.

가슴에 한 맺힌 커다란 멍울을 달고 울분을 참으며 살아가는 중이죠.

애써 외면하는 사람들도 보입니다.

내가 이민을 가버리면 그만이지. 하고 말입니다.

이 기회에 어부지리로 부동산이나 챙기고 투자나 하자고 덤비는 사람들도 더 많아지고 있습니다.

실제로 주변에선 한탕 했으면 하는 사람들이 많습니다.

이럴 때 그래도 큰 힘이 되는 사람들은 시민단체들입니다.

좋은 뜻이 있으면 그걸 실행에 옮겨 바로잡아 보려 하는 단체들 말입니다.

신체.

오늘 몸에 대해 생각해 보는 중입니다.

몸은 쓰기 나름입니다.

비록 공사판에서 몸을 혹사시킬지언정 정신만은 가족을 사랑하는 마음으로 가득 찬 사람들도 있고, 유리창을 타고 불 속으로 뛰어드는 몸도 있습니다.

과거 일제치하에서 몸은 갇혀도 정신만은 꿋꿋하게 독립을 위해 자유로웠던 선조들이 떠오릅니다.

많은 사람이 불법에 동조하고 야합하지만 선조들의 좋은 피를 물려받은 사람들이 더 많다고 믿고 싶은 날입니다.

잠시 정신이 혼미해서 실수를 하고 있다고 믿고 다시 좋은 사람들로 돌아올 수 있다고 믿고 싶은 날입니다.

좋은 생각을 품고 살아가시는 많은 분들께 존경하는 마음을 보내면서….

은혜는 평생 갚아야 한다

12월로 들어서고 캐럴이 들리기 시작하면 이제 한 해가 가고 있구나 하고 실감하게 됩니다. 가족과 이웃들에게 카드와 선물을 준비하고.
하지만 매년 경제사정이 좋지 않다 보니 씀씀이도 많이 줄어든 것 같지요?
라디오에서 잠깐 들었던 얘기가 귓가를 맴돕니다.

어느 미국 이민자에게 여비를 선뜻 빌려줬던 이야기인데, 여비를 빌린 사람은 미국에서 엄청난 성공을 하였다 합니다. 처음에는 빚을 갚기 위해 노력했고 그 이후에는 조금씩 더 정진하는 삶을 살게 되었다. 이런 내용이었는데 그가 한 말 중에 감명 깊었던 얘기는 "빚은 언제든지 노력하면 갚을 수 있지만 사람의 은혜는 쉽게 갚아지지 않아 평생을 마음에 새겨두고 갚아야 한다."고.

사람마다 삶에 고통이 따르겠지만 아마도 자기를 도와줬던 사람들을 기억하고 그 은혜를 갚기 위해 무언가를 할 수 있다는 것이 잔잔한 감동을 불러일으킵니다. 저도 곰곰이 생각해 보고 있습니다.
은혜를 주신 님들을 떠올려보고 다시금 반성하고.

파리 뒷골목 정책

얼마 전 아이들과 강릉에 다녀왔습니다.

아빠가 좋은 문화유산을 보여주겠다는 말에 모두 기대가 컸습니다.

우선 십여 년 전에 들렀던 강릉의 최고 자랑거리인 선교장에 갔습니다.

솔직히 그날 저는 강릉, 그리고 경포 바다가 싫어졌습니다.

선교장과 율곡 생가, 경포 바다가 아름다워 강릉시민을 너무나 부러워했는데, 선교장을 고친 강릉 사람들. 그들이 무엇을 잃었는지 모른다는 것에 더욱 화가 났습니다.

십여 년 전에 집사람과 함께 신혼여행길에 들렀던 선교장. 나중에 아이들과 꼭 다시 한 번 보겠노라 했고 드디어 아이들과 함께 갔는데.

선교장을 그야말로 눈뜨고 못 볼 정도로 다 망가뜨려 놓았더군요.

재작년 수해로 선교장이 모래와 흙으로 뒤덮였단 말은 들은 터라 새로 꾸민 선교장이 어떤 모습일지 내심 불안했지만 그 정도로 망가뜨려 놓은 것을 보니 분노가 치밀었습니다.

집안을 수리하기 위해 아예 모두 헐어내고 새로 지은 듯, 온통 새것으로 바꾸어 놓았더군요.

유구한 세월이 담겨 있던 기와와 나무기둥, 문창살, 그리고 가구들은 간 곳 없고 옛것이라곤 대들보 정도만 남아 있었습니다.

부엌은 시멘트로 처발라 살짝 흙으로 위장했고 가구는 어느 방이나 천편일률로 똑같은, 그야말로 국적불명 가구로 가득 채워 넣고 지붕은 온통 오색약수터 근처 민박 기와집처럼 바뀌어 있었습니다.

막대한 예산을 들였겠지요?

도망치듯 선교장을 빠져나와 뒤를 돌아보니 선교장 뒷산의 장송들이 우리를
비웃는 듯.

저 소나무는 그래도 살아남아 우리를 지켜보는구나 싶었습니다.

작금에 우리나라에서 벌어지고 있는 문화재 보수는 정말 치졸하기 짝이 없
습니다.

일단 문화재 보수 일을 맡은 업자들은 핑계부터 대기 시작합니다.

국내에는 그런 나무들이 없어 캐나다 홍송을 썼다는 말을 누구나 합니다.

단청은 천연재료가 없어서 화학 안료에 적당히 착색 풀을 섞어,

그리고 기와도 너무 낡아 모두 교체했다는. 정말 뻔한 말만 하고 있습니다.

경복궁 복원도 위용만 있을 뿐 모두 그렇고 그렇습니다.

파리가 관광대국이 된 것은 건물 주인이나 땅주인들의 인내와 고통이 있었
기 때문입니다. 도로를 내기 위해 집을 헐어버리는 것이 아니라 옛 건물을 남
기기 위해 자동차를 소형으로 만들고 일방통행로를 만들었습니다.

건물 하나를 수리하려면 문화재 관리국 사람들의 방문을 수없이 받아야 합
니다. 약 3년에 걸쳐 심사를 받는답니다.

문고리 하나, 계단에 올린 나무 하나, 창문 모양도 문화재 관리국의 지시에
따라서 수리해야 합니다.

그런 노력이 있었기에 파리라는 고색창연한 도시가 그대로 있는 겁니다.

제가 프랑스에서 십여 년을 살아봤기 때문에 그들이 생각하고 말하는 '먼 훗
날' 이라는 말의 의미가 무엇인지, 그렇게 지켜내기 위해 얼마나 오랜 과정을

겪는지 보았답니다.

물론 그들의 또 다른 야망으로 인해 약소국가들의 문화재가 일단 파리에 들어가면 절대로 되돌려지는 일은 없습니다.

모든 강대국이 그러하듯 문화재를 약탈하고 그것을 전리품으로 자랑스럽게 전시하고. 여러 번 속이 뒤집힐 때도 있지만 그들의 문화재 보호는 한 두 사람의 노력으로 이루어지는 것이 아니었습니다.

우리나라. 여러 사람이 일단 일을 맡으면 자기 마음대로 하려는 게 탈입니다. 그리고 나중에 변명하고 몇 년 지나면 잊혀지고. 정말 왜들 그럽니까??

제가 사는 종로에서 일 년 사이에 벌써 독립유공자나 유명문인들이 살았던 한옥이 여러 채 헐려 나갔습니다. 일단은 집주인들의 돈 욕심 때문에 그리되었고 정책 또한 그들 편에 서 있었습니다.

아마도 몇 년 뒤면 저속한 형태로 보수된 문화재가 도심을 가득 채울 것입니다.

그때는 아이들과 어디를 갈까.

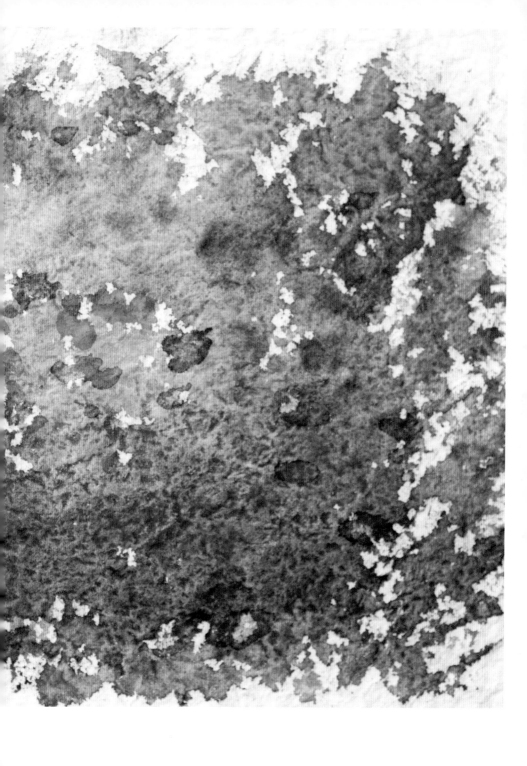

습지는 지구의 숨구멍

사람들은 질퍽거리는 것을 싫어하나 봅니다.

걸핏하면 흙을 붓든가 콘크리트로 막아버리곤 하지요.

서울은 그나마 곁에 산이 있어서 사람들이 흙을 밟을 수 있다는 것이 다행입니다. 콘크리트와 아스팔트로 뒤덮인 도심은 그 독으로 인해 사람들에게 치명적이지만 또한 감수하면서 살아간단 생각이 듭니다.

도심개발이란 참으로 어이없을 때가 많습니다.

흙이 안 보이게 덮는 것이 개발이라니.

행복감은 문화인식과 비례하지만 지금 우리의 문화인식은 별로 보잘것없습니다. 교육프로그램이 그러하고 부모들의 문화인식 또한 그러하기 때문입니다. 일종의 균형감 상실이라고나 할까. 아무튼 사람들은 통치하기 좋게 만들어 놓은 민주주의란 이름하에 좌지우지 흔들림을 당하면서 이것저것 생각할겨를 없이 대부분 도시에서 한 생을 살아갑니다.

수많은 갯벌이 사라지고 간척을 했다지만 거기에선 고작 세계시장에 내놓지도 못하는 쌀을 생산하고 있고 땅값 뛰기만을 기다리고 있답니다.

또 대부분의 간척지엔 경쟁력 없는 공장만 들어서고 있고 그 공장 또한 인력경쟁에 뒤져 중국으로 자리를 옮겨버려 더욱 쓸데없는 공장이 많아지고 있습니다.

차라리 그대로나 뒀으면 지금같이 일자리 없을 때 조개라도 잡고 물고기라도잡을 텐데.

이런저런 시행착오를 겪고서도 국민의 혈세로 또다시 바다를 메우고 산에 구멍을 내어 수맥을 흔들어 습지를 없애고 있습니다.

미래란 참으로 알 수 없습니다.
옛 어른들은 새옹지마라 생각하고 단념하면서 살기 일쑤였지요.
미래를 알 순 없지만 이미 드러난 문제점을 잘 헤아리면 대처는 할 수 있으리라 봅니다.
다가오는 재앙을 줄여보려는 노력이야말로 지금 인류가 가장 먼저 생각해야 할 문제라고 여깁니다.
요즘 광우병이나 조류독감 등등이 사람들의 삶을 위협하고 있습니다.
대부분의 유럽 선진국들이 그러하지만 광우병이 생긴 영국은 전 국토가 거의 파헤쳐진 개발국가입니다. 습지를 없애고 농작지를 만들고. 암튼 옛 그대로의 자연녹지를 찾아보기 어려운 나라가 되었다고 합니다. 한마디로 스스로 치유할 수 없는, 자정능력이 없는 땅이 되어버린 지 오래지요.
선진국이라 해서 모든 것이 좋은 건 아니지요.
선진국 사람들은 바캉스만 되면 자연이 살아있는, 그들이 얘기하는 미개발 국가를 찾아 나섭니다.
언젠가는 원시림도 사라지고 바다도 황폐해져 인간이 찾아갈 수 있는 곳은 고작 돔으로 둘러쳐진 수영장이나 인공 조성된 공원밖에 없을지도 모릅니다. 먹을 것이 없어서 화학반응 된 알약을 먹고 제한된 공간에서 바이러스를 막기 위해 안간힘을 쓸지도 모릅니다.
인간의 삶.

길면 긴 대로 삶의 목표가 있고 문화인식이 있어 아름다운 삶을 살아가야 합니다. 수명이 길어진다 해서 좋을 게 없는 세상.

다시 한 번 생각해 봅시다.
국토의 지형지물을 바꾸려면 삼고초려, 아니 골백번이라도 다시 찾고 생각해서 시행하길 바랍니다.
설사 남보다 늦게 출발하고 늦게 도달하더라도 말입니다.
오늘 사설이 길었습니다.
전국 모든 산과 바다의 상태가 점점 나빠진다는 얘기를 듣고
속상해서 그만.

아름다운 사람들, 행복한 세상

아름답다.

과연 이 말보다 더 강한 말이 우리말 중에 있을까요?

실체를 논하는 것 자체가 부끄러울 만큼 순수함이 느껴지는 그런 말이지요.

말과 행동이 나도 모르게 달라지는 복잡한 현대생활. 점점 우리는 방어막을 겹겹이 둘러쌓고 살아가는 것 같습니다.

많은 사람이 나름대로 행복론을 가지고 살아가겠지만 자기만의 아름다운 특별한 삶이 어디 쉽겠는지요. 그저 다른 이와 비슷한 보편적인 삶을 살아가게 마련이지요. 급변하는 시대에 태어나 어른이 되면서 웃음도 점점 사라져 아름다움을 느껴볼 겨를조차도 없는 생활이 계속되고 있습니다.

그런데 입가에 저절로 미소를 짓게 만드는 사람들이 하나둘씩 생겨나고 있습니다.

몇 해 전부터 우리 주변에 생겨나기 시작한 미소를 만드는 사람들은 각박한 세상에 흩뿌리는 단비와도 같이 달고 너무 높은 곳에 의지하고 살았던 사람들에게 이젠 이웃을 의지하고 살아갈 수 있다는, 이제야 살맛 난다는 생각이 들도록 하기에 충분합니다.

아름다운 재단, 아름다운 가게, 아름다운 보험, 집 짓는 신부, 밥퍼. 모두들 아름다움을 추구하는 우리 이웃들이지요.

사람들이 내는 소리는 각기 다르지만 속을 텅 비워야 나오는 악기처럼 마음을 비워 내는 소리야말로 사람들을 감동시키고 그 소리가 커서 더 많은 사람을 아름다운 세계로 이끄는 것 같습니다.

특히 경제가 어렵다고 하는 요즘 이웃돕기에 보다 더 적극적인 삶을 유도하고 삶의 의미를 다시 돌아보게 하는 그들. 정부가 하지 못하는 행복한 세상을 만들고자 하는 이들이나 단체는 또 다른 아름다운 우리 이웃들의 모습입니다.

행복한 세상. 아름다운 사람들이 이웃에 존재한다는 것만으로도 행복합니다. 함께 일구어 가는 세상. 크고 작음 없이 이웃을 위해 나눌 수 있는 마음을 가진 사람들.

고맙습니다. 꾸벅(＿＿)

한강 하구

한강 하구는 겨울이 되면 얼음덩이로 뒤덮여 마치 쇄빙선이 지나간 듯하던 예전 모습을 이제는 자주 볼 수가 없습니다.

더군다나 아랫녘에 가 있어야 할 철새들이 붙박이로 자리 잡는 것을 보면 예전처럼 춥지 않다는 것을 더 실감하게 됩니다.

임진강 쪽에 자주 가는 편이라 철책 너머로 보이는 을씨년스런 이북 풍경과 강 하구에 우뚝 서 있는 통일전망대를 보노라면 단순하던 머리가 지근거려오기 시작합니다.

임진강과 한강하구는 아직도 보기 흉측한 철책으로 뒤덮여 있습니다.

언젠가부터 사람들은 외면하며 태연한 척 살아가고 있지만 분단문제는 우리가 해결해야 할 가장 큰 문제지요.

철새들이 자리 잡는 이유는 기온이 변화하고 있다는 증거인데 과거에는 자라지 못하던 대나무들도 서울에서 많이 볼 수 있습니다.

한강 하구는 습지가 많아 생태계가 살아있는 듯 보이지만 몸살을 앓고 있다고 합니다.

우선 지나치게 지하수를 개발해서 논바닥에 물을 대면 얼마 가지 못하고 삼투압 현상처럼 물이 빠져버리기 일쑤라 농사짓는 것이 점점 힘들어지는 것이고, 또 하나는 마구잡이로 개발되는 신도시로 인해 더 이상 자연생태계를 유지할 수 없을 것 같고, 더 큰 문제는 모래채취선이 이미 임진강 가를 뒤집어엎고 있는 모습입니다.

또 하나, 한강 하구를 살리려면 자유로를 강에서 좀 더 멀리 만들어야 했었다는 아쉬움이 그 길을 달릴 때마다 생깁니다.

얼마 전에 전곡에 볼일이 있어 장단콩 축제를 하는 마을들을 둘러보게 되었답니다. 장단마루. 휴전선과 걸쳐있는 장단(장마루촌)은 예로부터 좋은 콩이 나오는 곳이랍니다. 특히 참숯으로 만들어낸 두부는 참나무향이 배어있어 그 맛이 일품이랍니다.

12월이 아마도 순식간에 지나가고 을유년이 오겠지만 주변을 사랑하는 따뜻한 마음, 마음속에만 가두지 마시고 시간이 더 가기 전에 철새들이나 두부 한 모에도 관심을 가져 주시길 바라면서.

신년 사주

화실 이사를 하면서 신년 사주를 보았답니다.

뭐 별거 다 본다구요? 후후.

암튼 제 사주는 물이 너무 많은 사주랍니다. 그리고 지금 이사한 자리가 물이 너무 많다나 뭐라나. 다른 사람들은 이 자리에서 별로 재미를 못 봤다나 어쨌다나 그랬다는군요. 제가 직접 가지 않아 자세히는 알 수 없으나 그 사람이 그랬다는군요. 그러나 저는 원래부터 물이 많아 지금 자리는 물에 물탄 거라 별 탈 없이 잘 지낼 거라고 그랬다는군요.

암튼 물에는 불이 최고겠지요? 연초부터 이사하자마자 빠알간 그림을 그렸습니다. 물을 조금 말리면서 가슴에 불덩어리 하나 안고 살려구요.

뭐 믿거나 말거나지만 불교의 오방색을 연구하면서 저도 몇 푼 주워들은 게 있어서. 동쪽에 빠알간 그림 하나 떡하니 붙여놓고 일기를 씁니다.

허긴 그래서 모든 게 잘된다면야 좋겠지만 그러려니 하면서 조심하는 거지요. 뭐. 요즘 인터넷에 그런 거 보는 게 인기라죠?

세상이 어려울수록 더 심해지는 것이죠.

재미로 보는 건 좋지만 조심하세요!

주역이나 그런 공부를 많이 한 사람은 절대 나쁜 말 안 해요.

신년사주가 안 좋게 나왔더라도 실망 마세요.

그걸 믿느니 차라리 서점에 가서 주역 책 언해본들 많으니 한번 읽어보시길.

사람들은 마음을 굳게 먹지만 살짝 귀는 열어놓고 살지요. 후후.

그래도 소신껏 사시길.

마음 먹은 대로의 인생

봄기운이 슬슬 느껴지지 않나요? 하지만 엊그제 내린 눈으로 영동지방 주민은 엄청 고생을 하시더군요.

주말에 눈 소식이 또 있어서 아직 봄은 이르지요. 언젠가부터 사람들은 무거운 삶을 살아가고 있습니다.

공부도 많이 해야 하고, 존경도 받아야 하고, 자식도 잘 키워야 하고.

하지만 그 모든 게 의미 있지만 한편으로 고통을 감내해야 하는 점에서 암튼 사람들은 결코 편안하진 않은 것 같습니다.

요즘 생각을 많이 하는 사람들은 자주 말합니다. 참으로 행복한 시기이지만 정리가 안 된다는.

이데올로기나 색다른 패러다임이 부재한 시절이니 자기 마음먹은 대로 인생을 살아갈 수 있을 것 같은데 습관이나 풍습 때문에 그러질 못한다는 그런 말이지요.

봄이 오면 산에 들에~

미리 마음속으로 불러보는 노래지만 얼굴 가득 미소를 번지게 하는 노래입니다. 가벼운 것도 아름답고 상쾌하질 않습니까?

우리 님들도 기분전환 할 겸 무거운 생각들 잠시 내려놓으시고 발걸음을 가볍게 해보시길.

겨울엔 불놀이가 최고

영동지방에 눈이 많이 온 모양입니다.

눈이 안 올 때는 마냥 그립고 오고 나면 금세 싫증이 나고.

음. 나이가 먹어서 그렇겠지요 뭐.

현대문명이라는 애물단지 때문에 그 좋은 불놀이 해본 지도 오래되었습니다. 하면 안 된다고요? 대기오염이요? 무슨 그런 어마어마한.

몸을 움직이는 사람들이 장수한다고 했습니다.

하긴. 아무 할 일 없이 세월을 까먹는 것은 별로 좋지 않지만.

실업자들이 점점 늘어나고 있는 것을 보니 산업구조가 이상한 방향으로 흐르고 있는 것은 틀림없습니다.

고학력자인 사람들은 자기 몸 아낀답시고 힘든 일은 거들떠보지도 않으니 인력을 찾아서 지구촌 곳곳으로 떠나는 사업가들이 나타나고.

이러다가 중산층이 무너지면 구로공단이 다시 생길 리도 만무하고.

지금부터라도 인생을 살아가야 하는 과제를 열심히 풀지 않으면 우리의 삶은 미로에 빠져버릴 겁니다.

새해. 여러분 힘내시고 일자리 창출하는 아이디어도 많이 내고 그래야 할 것 같습니다.

요즘은 누가 가슴에다 열정이라는 불을 확 질러줬으면 하고 은근히 바랍니다.

열심히 일하는 새해

신년 해 뜨는 거 구경하셨는지요?

동해안은 신년 해 보러 가본 게 너무 오래전이라 기억이 가물가물.

그때도 졸다가 해가 뜨는 건지 몰라 어디서 뜨는 건지 몰라 헤맸던 기억이….

암튼 해를 보러 가던 길이 너무 설레었던 기억이 납니다.

오늘 점심때 옆 동리 불광시장 어물전 앞을 지나다가 누워있는 생선들을 보며 저놈들이 누비던 바다를 떠올려 봅니다.

붉은 해가 솟아오르는 푸른 바다. 그 해를 보며 소원을 빌었을 많은 세인들.

올해는 꼭 소원들 이루시길 바래봅니다.

물고기 놈들아! 기왕 식탁에 오를 거니 내가 맛있게 먹어주마 슬퍼 말아라!

내가 좋은 일 많이 해서 네놈들 푸른 바다에서 더 이상 헤엄치지 못하는 한도 풀어주마~ㅎㅎ

새해에는 다들 열심히 일하는 모습을 보고 싶습니다.

어려울수록 참된 의미 찾기는 더 쉬울지도 모르죠.

다들 불황이 찾아올 거라 걱정들이 많지요.

하루하루가 지나가며 더 많은 고통을 안을 수도 있겠지만 꿋꿋하게 세상을 헤쳐나가는 친구들이 곁에 있어서 너무 좋습니다.

친구들아 같이 가자! 아자!

태양은 매일 떠오른다

태양은 약속이나 한 듯 매일 떠오릅니다.
저 태양을 보며 세인들은 말합니다.
쨍하고 해뜰날 돌아온단다.
후후. 그런데 저 태양은 나만을 위해서 뜨는 건 아니지요.

음. 벌써 한 달이 지났건만.
변화란 눈곱만큼도 없습니다.
그림 팔아본 지도 너무 오래되었고.

며칠 있으면 구정이군요.
이럴 때 하는 말
아직 음력으로 연말이니까.
그래 힘내서 어디 먹거리라도 있는지 더 크게 눈을 뜨자!
얼어 죽을 쨍하고 해뜰날 잊어버리자~! 아자~!

친구들.
주말이나 우선 잘 보내시길. (애절한 말투ㅠ)

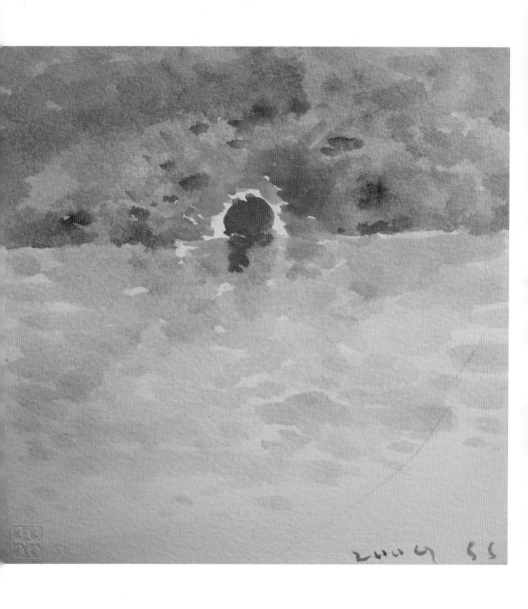

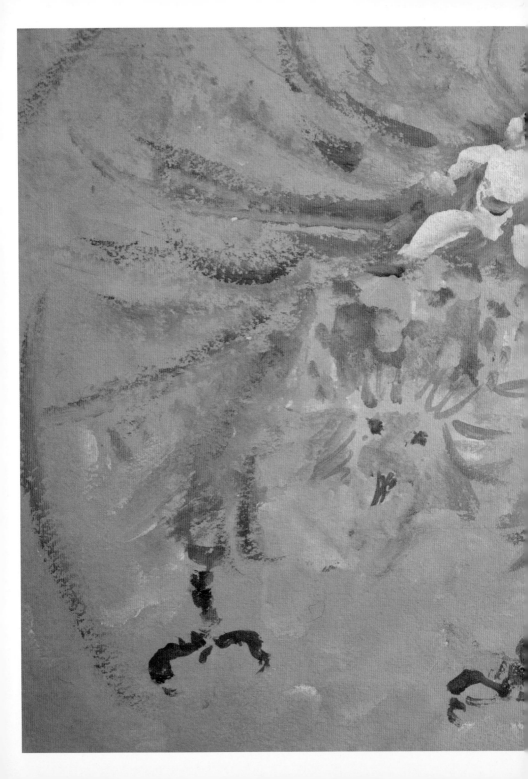

닭도 날 줄 압니다

닭은 언젠가부터 사람들에게 길들었지만.
본성은 저 지구 밑바닥에 이글거리는 붉은 용암처럼 숨겨져 있습니다.
그래서 닭벼슬이 용암처럼 조금 나오고. ㅎㅎ

새해.
작년 한 해는 국내외 모두 어려웠지요.
특히 연말에 끔찍한 해일로 피해를 입은 유가족들에게 조의를 표합니다.
아직도 생사를 모르는 배낭 여행객 수습에 정부는 좀 더 적극적으로 나섰으
면 하는 바람이 있습니다. 숫자로 보나 우리나라는 엄청난 피해를 입은 것이
틀림없는데 정부는 아직도 소극적인 태도를 보이는 것 같습니다. 여러 가지
정황으로 보아 더 많은 사람이 피해를 입은 것이 틀림없는데도 사망자 명단
을 축소하기에 급급한 인상을 지울 수가 없습니다. 큰일을 겪으면 여행객 누
구나 생사를 확인하는 전화라도 하게 마련인데 아직도 생사를 모른다는 것
은 심각한 일입니다. 가족이 중요하고 국민 한 사람 한 사람이 중요하고 모든
사람이 중요한 것은 인지상정이지요. 공무원들 고생하시는 분들 많은 것으
로 알고 있습니다. 공무원이 아니더라도 자원봉사로 활동하시는 분들도 많
다고 들었습니다. 부디 새해에는 나라 살림을 관장하시는 분들 애민사업에
소홀함이 없었으면 하는 바램입니다.

아랫글은 우리 님께서 답글로 알려준 건데

예부터 닭은 다섯 가지 덕을 갖춘 동물로 칭송되어 왔다고 합니다.

옛사람들은 닭의 벼슬을 보고

머리에 쓰는 관을 닮았다고 해서 '문' (文),

발톱은 '무' (武), 적을 앞에 두고 용감히 싸우는 것은 '용' (勇),

먹이를 보고 무리를 부르는 것은 '인' (仁),

때를 맞춰 새벽을 알리는 것을 두고 '신' (信)의 덕목을

두루 갖춘 동물이라고 한다네요.

저 닭띠에요. 평생 생각해야 하는 마음속 반려동물. 근데 저 닭볶음 잘 먹습니다.

닭이 못 나는 줄 아시는 분들 위해 부지런히 날갯짓을 배우고 있습니다. 날개가 그나마 있는 띠 아닙니까. 사람마다 평생 안고 가야 할 띠 동물들을 잘 보살펴야 하지만 심성이 사람이 아니고 동물보다 못하면 동물 둘이 가는 거니까 얼마나 웃긴 일입니까? 잘 된 거라구요? ㅎㅎ

ㅜㅜㅜㅜ

우리 님들. 새해에는 꼭 건강하고 아름다운 사람이 되시길 바랍니다.

누구나 다 원하는 것보다 더 욕심내서 가장 소중한 것 이루시고.

그럼. 힘차게 시작해 봅시다! 꼬끼오~!

산불 조심

가뭄이 극심해서 영동지방 주민이 고생이라고 합니다.
수십 년간 편안했던 마을이, 조그만 나라가, 뭔 일이 이렇게 많은지 참 딱합니다. 엊그제는 수해로 고생하더니 이제는 가뭄. 한때는 누가 일부러 불을 질렀다는 둥 말 많은 산불로 고생하더니.

이래저래 생활이 불편한 게 비단 천재지변 탓만은 아닙니다. 이웃 나라에서 들려오는 소리도 안쓰럽습니다. 홍수에, 지진에, 각종 재해로 몸살을 앓고 있는 지구촌. 앞으로 세계에서 먼저 사라질 나라가 세상에서 가장 깨끗한 섬나라라고 합니다. 해를 거듭하면서 침수되는 모양입니다.

첨단문명, 도시에서 우리가 누리는 편안한 생활이 지금 이 순간 또 하나의 불행을 잉태하나요?
대답은 '네. 그렇다' 입니다.
마음도 이래저래 불편한 하루지만 그래도 희망의 끈을 놓을 순 없겠지요?
잘 자라나는 아이들을 보면서 더 생각하고 정리하고 애쓰는 모습을 보여줘야 하겠지요.

산불,
조심합시다!

뜨거운 안녕, 뜨거운 추억

2월을 맞이합니다.

엄동설한. 모처럼 추운 겨울이군요.

제때 춥고 더운 것은 좋지요 뭐.

하지만 없는 사람한테는 추위보다 더위가 낫지요.

기후가 급변해서 폭염이 사십 도를 넘으면 더위보다 추위가 더 낫지 않을까 생각도 해봅니다만.

바야흐로 졸업식 시즌입니다.

밀가루 뒤집어쓰는 졸업식장은 아니지만

예나 지금이나 학교를 다니면서 속 깊었던 사연 하나쯤은 간직했으리라 여깁니다.

친우들과의 뜨거운 안녕. 뜨거운 추억.

또 다른 인연을 만들러 가는 사람들. 그러나 나이가 들어가면서 인연보다는 필연에 가까운 사람들만 만나게 되지요.

그래서 나이 먹는 게 안 좋기도 합니다. "순수했어. 그 시절엔." 하고 되뇌게 되지요.

공부하고 성숙해진다는 것은 어쩌면 또 다른 고통을 만들기도 하지만 이 또한 인간이 피해 갈 수 없는 과정이겠지요.

그것이 싫어 산으로 들어가고 떠나는 사람도 있지만 어림없는 소리! 거기서는 또 다른 인연과 다투게 되겠지요.

그리고 세상과 친해지려면 어디서든 부단히 공부해야 하고.

내가 현재 있는 이곳이 감옥이고 파라다이스이고, 절간이고, 교회 안이라는
생각이 듭니다.
고통보다 아름다움을 찾는 건 자기를 위한 도리라 여깁니다.
그 방법을 찾는 공부가 어렵다는 것이겠지요.
정들었던 곳을 떠나가는 날.
우리 님들도 아름답던 옛 추억 더듬으며 추위 물리시길.

"고통아~ 물렀거라!" (후후, 사극을 봐서 그런가. 입에 착착 붙네.)
"네가 아무리 길을 막고 있어도 반드시 길이 있기 때문에 막았으리라. 이놈!"

봄을 맞이해야 하는데

요즘 사회적인 분위기도 안 좋아서 우리 님들 활짝 웃으시라고,
밝은, 노란, 해피한 그림 한 장 그렸습니다.
모쪼록 우울한 마음 떨쳐버리시고 좋은 생각 하면서 봄을 맞읍시다!

요즘 저는 컬러를 많이 써보고 있습니다. '화가로 태어나 만색을 안 써보면
무슨 화가냐' 라는 심정으로요. ㅎㅎ
색을 다룬다는 것은 묘한 도전입니다. 뭐 화가가 뇌파까지 연구할 순 없지만
이미 사람은 눈이 보이게 되면 죽을 때까지 색의 파노라마에 빠져서 살게 됩
니다. 그 보이는 색도 모자라 색을 만들고 칠하고. 그 역사야 뭐 너무 오래되
어 처음에는 언어의 대용 기록용으로 쓰였지만 무한한 뉘앙스로 상상의 자
유와 경험하지 못한 대리경험을 통해 색으로 빚은 형태는 사람들에게 신선
한 자극을 주기도 합니다.

동양은 오방색이라 하여 색을 문화와 접목시킨 지 오래되었지요. 화가로 살
아가면서 서양 색과 동양 색을 구분하고 따르고 파하고 하다 보니 어느덧 별
의별 색을 다 써보게 됩니다. 죽어있던 컬러가 다시 살아 꿈틀거리며 대지를
형형색색으로 물들이는 봄. 온갖 따뜻하고 차가운 색들의 파노라마.

봄이 태동하고 있습니다. 평상시 공부를 많이 하는 사람들도 요맘때면 들로
산으로 바다로 나가 맘껏 생명의 소상을 보고 싶어 하지요. 겨울을 위태롭게
나던 동물들도 기지개를 켜고 떠났던 동물들도 다시 분주해지고. 참 알 수

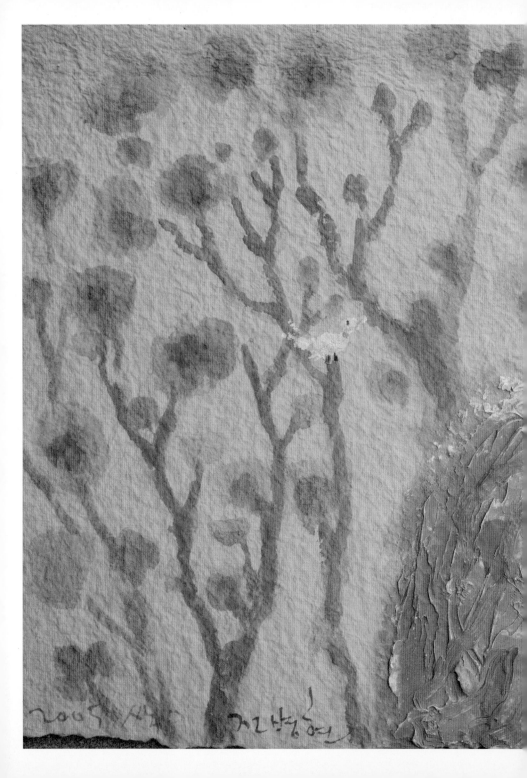

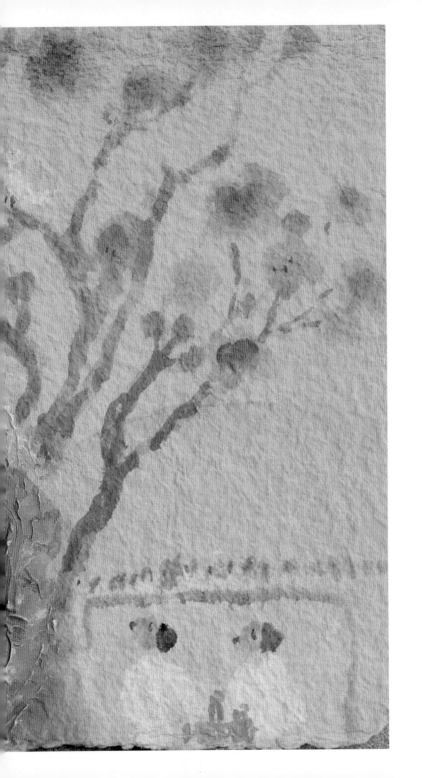

없는 희망과 미래를 나만 준비하는 건 아니었나 봅니다. 오늘 최선을 다하신다면 봄의 기운을 받으시는 걸 빼놓을 순 없겠지요. 우리 님들, 올봄에는 더 생기 있게 아름답게 지내시길 기원합니다.

'봄은 본다. 우리를.'
조선 시대 민화를 아시는지요. 민화는 사람이 보는 그림이 아니라 그림이 사람을 보는 거랍니다. 복을 받기 위해 그린 그림이기 때문입니다. 그림이 주체가 되는. 오늘 하루 맘 터시고 보여 드리세요. 봄에게 그대를….

누구를 만나고 있는 걸까

오늘도 어김없이 신문이 배달되었군요.

신문의 소식이야 새로울 것은 없지요. 과거를 전달할 뿐. 미래는 막연한 추측을 할 뿐입니다. 하지만 과거라 할지라도 충격적인 사건과 때론 감동적인 일들이 전해지곤 합니다.

이라크 전쟁터에서 죽음을 무릅쓰고 취재를 하는 기자들의 소식도 있고 오지에서 사람들이 전혀 알지 못했던 소식들을 전해 오기도 합니다.

오늘도 지구촌 거대한 데이터베이스에 기록들이 차곡차곡 쌓여갑니다.

사람들은 죽으면 이름을 남기고 사건을 남기고 설사 무명으로 살아갈지라도 그의 흔적은 이 지구촌에 흘리고 갑니다.

하지만 인간들이 지구를 지배하는 것 같지만 결국, 지구의 승자는 식물들이지요. 아무리 데이터베이스를 거대하게 만들어도 그것은 손으로 만질 수 없는 허상일 뿐 실상은 그렇지 않습니다. 사람들에게는 이름이 붙여집니다.

그리고 만납니다. 근데.

누구를 만나고 있는 걸까요?

그 사람의 데이터베이스를 만나고 있는 것이겠지요?

연말이 오면 각종 신문을 장식했던 특종들이 순위를 매겨가며 다시 보도가 됩니다. 데이터베이스를 끌어안고 살아가는 사람들.

연말 잘 보내시고 기왕이면 알찬 데이터베이스를 만드시길.

2월의 눈

겨울이 다 간 것 같지만 꽃샘추위가 남아 있지요.

어제 다리수술 때문에 삼박사일 입원했다가 퇴원했습니다. 다리에 박힌 플레이트와 나사를 다 제거하고 나니 십 년 묵은 체중이 쑥 내려가는 것 같습니다. 2주 후 실밥 뽑으면 다시 본격적인 산책을 즐길 수 있겠지요. 에고.

북한산에 오랜만에 하얗게 눈꽃이 피었네요.

오랜만에 머리 깎으러 갔는데 내 머리에도 하나둘씩 흰 머리가 보이는군요.

햐. 드디어 내 인생에 서리와 눈이 내리는구나. 쓸쓸.

ㅎㅎ. 또 다리를 분질러 먹어 칠 개월 동안 병원을 들락거렸더니 확 머리도 주머니도~~

어른들도 다 이렇게 가시고 가셨겠지요?

올겨울 저는 더 추운 것 같습니다. 좀 더 좋은 소식 전해야 하는데 죄송.

친구 말이, 어려울 때 얘기도 못하면 친구도 아니라고. 뻔뻔… 후후

속풀이 한번 하고 나니 시원하네요. 그래도 저는 이런 소리 안 하면 정말 집이 몇 채인 줄 알더군요. 친구들이. 뭐 가만히 있는 게 상책이지요. 때깔 좋은 거지가 낫죠. 후후

친구들아! 소리쳐 본다.

나두 니들하구 똑같이 집 한 채 간신히 있는 하우스 거지다~ 없으면 굶는다!

헤헤

암튼 세월은 이렇게 갑니다.

산책길

제가 좋아하던 바닷가는 안면도 바닷가에요.

그러나 그곳이 기름유출 사건으로 오염이 되었지요.

그러고 보니 거길 찾지 않은지가 2년이 돼가네요.

마음의 상처라는 건 추억까지 송두리째 앗아가곤 하지요.

한 달 전에 땅끝마을을 다녀오다가 서해안고속도로를 벗어나

안면도 근처 간월도에 들러 굴밥을 먹고 싶었는데

3분 늦었다고 쌩하니 문을 닫더군요. 인심까지 오염이 되었나 봐요.

착한 사람들이 더 많다고 믿고는 있지만 오염사건이 있기 전에

안면도에 성행하던 개발붐은 여느 마을 개발붐 못지않았다는 걸 기억합니
다. 고향을 역시 개발붐 때문에 빼앗긴 저로서는 항상 안타까웠어요.

10년간 단돈 3만 원 내고 잘 묵었던 민박집도 펜션을 지어 하루 숙박비가 20
만 원을 넘어서서 우리 가족들은 다른 민박집을 찾아야 했지만.

그분도 펜션을 고급화시켜놓고….

기름사건이 있었으니 그 고통이 이만저만이 아니었을 거란 생각이 드는군
요. 더군다나 원인을 제공했던 기업이 오리발을 내미는 통에 주민들 원성이
하늘을 찌릅니다.

그나마 그 사건이 있었던 직후 물심양면으로 그들을 도와드렸던 사람들은
아름다운 이웃들이었지요.

인간 띠를 이루어 한 발씩 기름을 닦아내던 눈물겨운 자원봉사자들. 역시 혼
자서는 살아갈 수 없음을 보았고 감동적이었지요.

주민들. 아직도 계속 되는 고통.

그저 잘 되길 기원합니다.

기업도 그렇지. 지들만 양주 먹고 스포츠카 몰면 즐거울까. 된장!

세상은 정말 한 치 앞을 못 보겠군요.

행복하다는 것.
지금 내 마음속에 가지고 있는 행복의 틀이 너무 큰 건 아닐까 생각해 봅니다. 다시금 산책하면서 주머니 속에 너무 많이 담았던 큰 소망들을 줄이고 줄여봅니다.
역시 주머니 속의 소망은 작으면 작을수록 가볍고 행복한 것 같습니다.

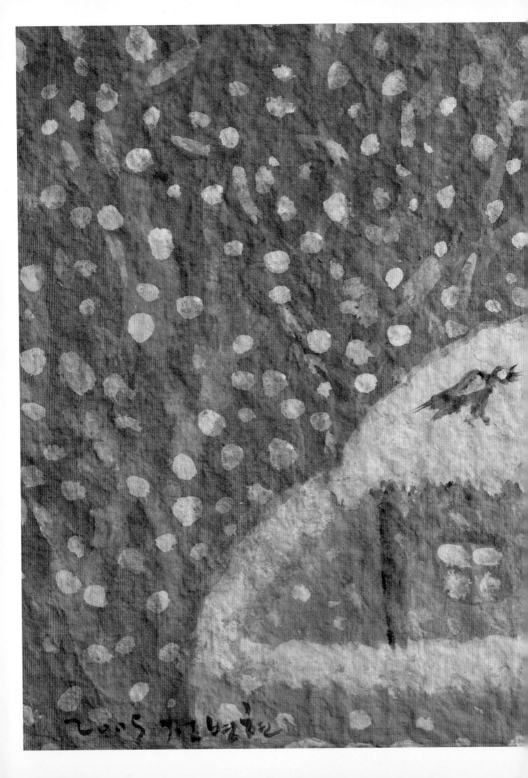

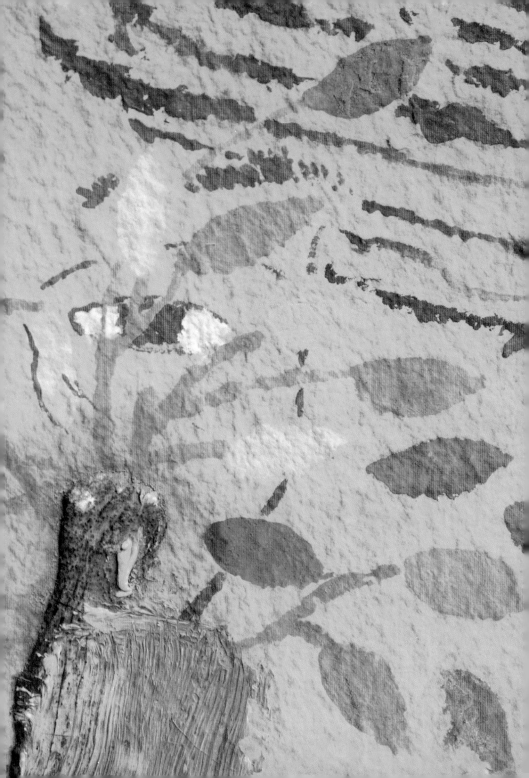